천국에서 만난 다섯사람

THE FIVE PEOPLE YOU MEET IN HEAVEN
Copyright ⓒ 2003 by Mitch Albom
All rights reserved.

Korean translation Copyright ⓒ 2010 by Sallim Publishing Co., Ltd.
Korean translation rights arranged with David Black Literary Agency,
through EYA(Eric Yang Agency).

이 책의 한국어판 저작권은 EYA(Eric Yang Agency)를 통한
David Black Literary Agency사와의 독점계약으로 한국어 판권을
'㈜살림출판사'가 소유합니다.
저작권법에 의해 한국 내에서 보호를 받는 저작물이므로
무단전재와 복제를 금합니다.

천국에서 만난 다섯사람

미치 앨봄 장편소설 공경희 옮김

살림

● 이 책에 쏟아진 찬사

평범한 놀이공원 정비공으로 평생을 보낸 에디. 전쟁의 상처를 안은 채 스스로 무의미한 생이라고 여기며 평생을 살아온 그가 천국에서 만난 다섯 사람. 그들의 깊은 인연의 실타래는 지금 우리가 숨 쉬고 있는 이 순간이 우리에게 어떤 의미가 있는지를 깨닫게 해 준다. "도대체 나는 왜 살아가는 걸까?"라는 질문을 던져 봤을 모든 독자들에게 마음의 위안과 평온을 가져다주는 책이다.

_「타임」

이 책은 인간 존재의 본질적인 가치에 대한 진지한 성찰을 담고 있다. 명예와 부가 최고의 미덕이 되어 버린 오늘날의 세상에서 홀로 자신만의 천국을 만들고 있는 모든 이들에게 바치는 헌시이다.

_「퍼블리셔스 위클리」

우리들 한 사람 한 사람의 존재 이유와 삶의 의미에 대한 심오한 질문을 차분하고 아름답게, 그러면서도 명쾌하게 풀어낸 작품이다. 이 책에 담긴 것은 에디의 인생이 아니다. 바로 나의 인생, 우리 모두의 인생이다. 지금의 삶이 아무리 초라하더라도 중요한 의미가 있으니 절대로 자신을 포기하지 말라는 메시지가 이 작품 전체에 녹아들어 있다.

_「뉴욕 타임스」

왜 몰랐을까? 우리 모두는 서로에게 연결되어 있다는 것을. 아무리 사소한 행동도 다른 누군가의 삶에 커다란 영향을 미칠 수 있다는 것을. 이 단순하면서도 중요한 진실을 저자만의 독특한 필치로 잔잔하게 담아낸, 가볍지만 결코 가볍지 않은 작품이다. 에디의 여행을 따라가다 보면, 어느새 눈물을 머금은 채 미소 짓고 있는 자신을 발견하게 된다.

_「피플」

마지막 책장을 덮고 나서도 한참 동안 감동이 사라지지 않는 보석 같은 책이다. 아무런 연관이 없을 것 같은 삶의 조각들이 서로 연결되어 하나의 완벽한 그림을 이룰 때의 감동이 소중하게 다가온다.

_「라이브러리 저널」

단순한 듯하면서도 독특한 플롯에 녹아 있는 작가 특유의 감성이 배어난다. 삶이 고통스럽고 미완성이라고 생각하는 사람들을 위한 책이 아닐까 싶다. 미치 앨봄의 메시지처럼, 우리의 삶은 사람들과의 관계를 통해 비로소 완성된다. 누구든 에디와 그가 만난 사람들의 삶을 조각조각 맞추다 보면 놀라운 비밀을 발견하게 될 것이다. 지금 자신의 인생을 한탄하고 있는 사람들에게 권하고 싶다.

_「로스앤젤레스 타임스」

한국어판 특별 서문
모든 마지막은 시작이기도 하다

"모든 마지막은 시작이기도 하다." 여러 해 전 이 책의 첫 대목에 그렇게 썼다. 그런데 그게 사실이 될 줄은 정말 몰랐다.

『천국에서 만난 다섯 사람』이 한국에서 재출간되어 정말 기분이 좋다. 이 책이 내 작가 생활의 이정표였을 뿐만 아니라, 바로 한국의 독자들이 그 이정표를 세우도록 도와주었기 때문이다. 한 가지 일의 마지막이 다른 일의 시작일 수 있음을 정말로 증명해 준 것이다.

그보다 6년 전에 나는 『모리와 함께한 화요일』이라는 간단한 회고록을 썼다. 죽어 가는 노은사와 함께 보낸 시간에 대한 이야기였는데, 오직 그의 병원 치료비를 대려는 목적으로 쓴 책이었다. 그래서 그 책이 수많은 사람들의 마음을 움직이리라고는 생각조차 하지 못했다. 그런데 책은 출간되자마자 상상할 수 없는 베스트셀러가 되었고, 50개국의 언어로 번역되어 전 세계 수천만 명의 독자들에게 찾아갔다.

갑자기 나는 인생의 축복과 짐을 동시에 맞닥뜨리게 되었다. 한편으로는 그렇게 작은 책이 전 세계의 호응을 받는다는 사실에 전율했고, 다른 한편으로는 이제 뭘 할 것이냐는 문제와 정면으로 마주한 것이다.

이전까지 내가 쓴 글은 보도나 기사 같은 실화였다. 하지만 이제 『모리와 함께한 화요일』보다 강력한 실화는 없었다. 어떤 실존 인물도 모리 교수가 드리운 커다란 그림자와는 비교할 수 없으리라는 것을 알았다. 그래서 나는 소설 쪽으로 방향을 돌렸다. 주위 사람들로부터 위험한 시도라는 말을 들었다. "하지 말아요."란 말도 들었다. 그도 그럴 것이, 많은 소설가들이 창작의 벼랑 끝에 매달린 채 옴짝달싹하지 못하기 때문이다.

하지만 나는 고집스럽게 밀고 나갔다. 아마도 마음 깊은 곳에서 이 책을 써야 한다고 느꼈기 때문일 것이다. 허구이고, 마법 같고, 심지어 동화 같기도 하지만, 『천국에서 만난 다섯 사람』은 실존했던 인물로부터 영감을 받은 작품이다.

그는 바로 나의 삼촌 에디 바이치먼이다. 에디 삼촌은 이 책의 주인공처럼 제2차 세계 대전 참전 용사였다. 그는 투박한 노동자였는데, 가장 서글픈 것은 항상 자신을 하잘것없는 존재로 치부했다는 사실이다.

내가 첫 소설 쓰기라는 험난한 판에 뛰어든 것은 바로 그 때문이었다. 나는 세상에 '하찮은 존재'란 것은 없다는 사실을 보여 주는 데 매달렸다. 사랑하는 삼촌은 이 세상에 있는 동안에는 그러지 못했지만, 아마도 지금 어디에 있든 그곳에서는 그 교훈을 얻을 수 있을 것이다.

그래서 나는 천국이라는 무대를 만들었다. 그곳에서는 내 삼촌 같은 이들의 인생이 서로 연결되며, 어떤 일이든 반드시 결과를 낳는다. 그곳의 모든 영혼은 서로 맞닿아 있고, 때때로 세상과 연결된다. 에디가 소설 속에서 만나는 인물들은 우리가 그런 여정에서 만날 법한 이들이다. 어떤 이들은 우리가 알거나 사랑했던 사람들이고, 또 어떤 이들은 완전한 이방인들이다. 에디가 지상에서의 삶을 귀하게 여기기 시작하는 것은 뒤늦은 선물과도 같다. 그가 이곳에 있을 때는 줄 수 없었던…….

그 대신 이 선물을 한국의 모든 독자들과 함께 나눈다. 한국은 내게 항상 특별한 존재로 남아 있다. 미국을 제외하면 『모리와 함께한 화요일』이 출판된 첫 번째 나라이고,

그래서 한국에서 내 책이 호응을 받는다는 사실이 나에게는 커다란 의미를 안겨 준다.

에디 삼촌은 평생토록 외국에 딱 한 번 가 봤는데, 바로 참전 때문이었다. 그가 영감을 준 이 이야기가 여러분의 손에 들어갔다는 사실은 우리가 얼마나 많은 이들과 연결되어 있는지 분명히 보여 준다. 물론 앞으로 또 얼마나 많은 이들과 연결될지 모른다는 사실도 마찬가지다.

한국의 독자들에게 사랑이 넘치는 경의를 보낸다. 그리고 이런 마음을 나누게 해 주어 깊은 감사를 드린다.

2010년 1월 어느 날
미시간 주 디트로이트에서
미치 앨봄

차례

한국어판 특별 서문 · 6

프롤로그_ 끝이면서 시작인 이야기 · 12

첫 번째 만남_ 인연의 장 · 45

두 번째 만남_ 희생의 장 · 83

세 번째 만남_ 용서의 장 · 137

네 번째 만남_ 사랑의 장 · 201

다섯 번째 만남_ 화해의 장 · 245

에필로그_ 모두가 하나인 이야기 · 265

옮긴이의 글 · 268

프롤로그

끝이면서 시작인 이야기

이 이야기는 에디라는 사람이 햇빛 속에서 죽어 가는 마지막 순간에서부터 시작된다. 죽음에서부터 시작하는 게 이상할지도 모르겠다. 그렇다. 죽음이란 끝이다. 하지만 끝에서 시작하면 안 된다는 법이라도 있나? 모든 마지막은 시작이기도 하다. 다만 우리가 모르고 있을 뿐.

에디는 인생의 마지막 시작을 바닷가에 있는 작은 놀이공원 '루비 가든'에서 보냈다. 공원에는 흔한 볼거리들과 널빤지를 깔아 만든 나무 산책로, 페리스 회전 바퀴, 롤러

코스터, 범퍼카, 매점 등이 있었다. 또 물총으로 광대의 입에 대고 쏘는 놀거리도 있었고, 프레디 낙하라는 새로운 놀이기구도 있었다. 이야기는 바로 이 놀이기구에서 시작된다.

죽을 당시 에디는 땅딸막한 백발의 할아버지였다. 목은 짧은 데다 가슴은 맥주통처럼 불룩하게 튀어나왔으며 팔은 굵고 오른쪽 어깨에는 빛바랜 문신이 있었다. 다리는 가는 데다 혈관이 툭툭 불거져 보였고, 전쟁에서 다친 왼쪽 무릎은 관절염을 앓고 있었기 때문에 지팡이를 짚고 다녀야 했다. 넓적한 얼굴은 햇볕에 그을렸고, 약간 튀어나온 아래턱과 희끗희끗한 구레나룻 탓에 실제보다 고집스런 인상을 풍겼다. 그는 왼쪽 귀에 담배를 끼우고, 허리띠에는 열쇠를 매달고 다녔다. 고무창이 달린 구두와 낡은 모자 그리고 연갈색 유니폼 셔츠는 그가 놀이공원의 정비공임을 한눈에 말해 주었다.

에디는 놀이공원의 정비를 책임지고 있었다. 놀이시설을 안전하게 유지하는 것이 그의 임무였다. 그는 매일 오후 놀이공원을 돌면서 기구를 점검했다. '문어 다리'부터 '하늘을 나는 양탄자'까지, 부서진 곳은 없는지, 헐거워진 나사는 없는지, 닳아 버린 바퀴는 없는지 살폈다. 가끔 그가 걸음을 멈추고 기구를 빤히 쳐다보고 있으면, 지나던 사람들은 시설물에 이상이 있는 거라고 짐작했다. 하지만 에디는 기계 소리를 듣고 있을 뿐이었다. 오랜 세월 일을 하다 보니 고장이 나면 소리로 알아차릴 수 있었다. 덜컹덜컹, 우르르, 터덩.

 그날 에디는 매일 하는 것처럼 루비 가든을 돌고 있었다. 그의 옆으로 노부부가 지나갔다.
 "안녕하십니까?"
 그가 모자를 살짝 건드리면서 인사했다. 노부부도 가볍게 목례했다. 입장객들은 다들 에디를 알고 있었다. 자주 오는 사람들이라면 특히 더 그랬다. '루비 가든' 하면 에디의 얼굴이 떠오를 정도로 그는 잘 알려진 사람이었다. 작업복 상의 가슴팍에는 '정비(Maintenance)'라는 글자 위에 '에디'라고 적힌 명찰이 붙어 있었다. 때때로 입장객들이 "안녕하세요, 에디 메인트넌스 씨?"라고 농담을 걸었다. 에디에게는 하나도 재미가 없었지만.
 그날은 에디의 생일이었다. 여든세 번째 생일. 지난 주 의사는 그에게 대상포진(帶狀疱疹)이 있다고 말했다. 대상포진? 의사는 수포와 함께 신경통이 따르는 병이라고 쉽게 설명하려 했지만, 에디는 여전히 무슨 말인지 알아듣기 어려왔다. 에디에게도 회전목마를 한 팔에 하나씩 들고 나르던 건강한 시절이 있었다. 아주 오래전이긴 했지만.

"에디 할아버지!"

"저랑 타요, 에디 할아버지! 저랑 타요!"

에디는 아이들이 몰려 있는 롤러코스터 줄 앞으로 다가갔다. 그는 적어도 일주일에 한 번씩은 놀이기구에 시승해서 브레이크와 운전대가 튼튼한지 확인하곤 했다. 그날은 '유령 열차'라는 롤러코스터에 시승할 차례였다. 에디를 아는 아이들은 모두들 자기와 함께 타자고 졸라 댔다.

아이들은 에디를 좋아했다. 에디의 아래턱은 돌고래처럼 툭 튀어나와서 늘 빙그레 웃고 있는 것 같았고, 그런 에디를 보면 누구든 금세 마음이 풀어졌다. 아이들은 시린 손이 불가로 모이듯 그를 잡아당기고 다리에 매달렸다. 가끔 그의 열쇠를 갖고 놀기도 했다. 그러면 에디는 묵묵히 신음만 내뱉을 뿐이었다.

에디가 두 남자아이의 야구 모자를 툭툭 쳤다. 신이 난 아이들은 기구로 달려가 자리에 올라탔다. 에디는 직원에게 지팡이를 맡기고, 천천히 아이들 사이에 앉았다.

"출발……, 출발!"

한 아이가 소리치자 다른 아이가 에디의 팔을 제 어깨에 걸쳤다. 에디는 무릎 안전판을 내렸다. 곧이어 열차가

칙칙 소리를 내며 위로 오르기 시작했다.

 에디 역시 그 아이들과 같은 시절이 있었다.
 어릴 적 그는 바로 이곳 선창가에서 자랐는데, 한번은 동네 싸움에 끼어들게 되었다. 피트킨 가에 사는 아이들 다섯 명이 에디의 형을 구석으로 몰아넣고 때리려 했다. 에디는 한 블록 떨어진 계단에 앉아 샌드위치를 먹고 있다가 형 조의 비명 소리를 들었다. 그는 얼른 골목으로 달려가서 쓰레기통 뚜껑을 들고 달려들었고, 결국 패거리 중 둘은 병원 신세를 졌다.
 그 후 조는 여러 달 동안 말을 걸지 않았다. 그가 형인데도 나서서 싸운 사람이 동생 에디였다는 사실이 창피했던 것이다.

 "또 타도 돼요, 에디 할아버지? 제발요!"
 유령 열차가 플랫폼에 멎자 타고 있던 아이들이 소리를 질렀다. 에디는 말없이 안전판을 올리고 아이들에게 막대사탕 하나씩을 주었다. 그는 기대어 놓았던 지팡이를 다시 들고 절뚝거리며 몸을 돌렸다. 정비실로 돌아가서 찌는 듯한 한여름 더위를 식히려는 생각이었다. 더 시원한 곳도 있겠지만 그는 늘 하던 대로 움직였다.

정비실 직원 도밍게즈는 솔벤트 통 옆에서 바퀴의 기름을 닦고 있었다. 키가 크고 광대뼈가 튀어나온 그는 에디를 보고 인사를 했다.

"에디, 어서 오세요."

"수고하는군."

에디도 인사했다.

정비실은 천장이 낮아 어둡고 답답했으며, 늘 톱밥 냄새가 풍겼다. 벽에는 각종 드릴, 톱, 망치가 걸려 있었고, 놀이 시설에서 나온 부품이 사방에 널려 있었다. 압축기, 엔진, 벨트, 전구, 기구에서 떨어진 해적 머리통……. 한쪽 벽에는 못과 나사가 든 커피 깡통들이 있었고, 다른 쪽 벽에는 기름 튜브가 쌓여 있었다.

에디는 트랙에 기름칠을 할 때마다 설거지할 머리만 있으면 정비일은 너끈히 할 수 있다고 말하곤 했다. 설거지랑 다른 점은 일을 할수록 몸이 말끔해지지 않고 더러워지는 것뿐이었다.

에디는 그런 일들을 했다. 기름칠을 하고, 브레이크를 조정하고, 볼트를 조이고, 전기 제어판을 점검했다. 이곳을 떠나 새 일을 찾고 다른 인생을 살고 싶은 마음이 간절했던 적도 많았다. 하지만 전쟁이 터졌고, 계획은 수포로 돌아갔다. 시간이 흐르자 어쩔 수 없이 기름때 묻은 헐렁한 바지를 입은 자신의 모습을 인정할 수밖에 없었다. 이게 자신의 모습이고, 언제까지나 이렇게 살 터였다. 늘 심드렁한 웃음소리가 터지고, 소시지 굽는 냄새가 나는 곳에서, 흙 묻은 구두를 신은 채 살아갈 것이다.

아버지의 셔츠 명찰에도 붙어 있었던 것처럼, 에디는 정비반장이었다. 물론 어린이들에게는 '놀이공원 할아버지'이기도 했다.

"반장님, 생일 축하합니다. 다 들었어요."

도밍게즈가 생일 축하 인사를 전하자 에디가 머리를 긁적였다.

"파티 같은 건 안 하시나요?"

에디는 어이없다는 듯 도밍게즈를 쳐다봤다.

"반장님. 저는 다음 주 월요일부터 휴가예요. 멕시코에 간답니다."

에디가 고개를 끄덕이자 도밍게즈는 춤추듯 몸을 흔들며 말했다.

"테레사랑요. 가족 모두 만날 거예요. 파-아-티를 열 거라고요!"

에디가 빤히 쳐다보자 그가 물었다.

"가 보셨어요?"

"어딜?"

"멕시코요."

에디는 숨을 길게 내쉬며 대꾸했다.

"이봐, 난 총 들고 싸우러 간 데 빼곤 아무 데도 안 가 봤다고."

에디는 손을 씻으러 가는 도밍게즈를 지켜봤다. 그는 잠깐 생각하더니 주머니에서 20달러짜리 지폐 두 장을 꺼내 도밍게즈에게 내밀었다.

"자네 부인에게 뭘 좀 사 줘."

"어, 이런……, 정말요?"

에디는 부하 직원의 손에 돈을 쥐어 주고는 창고 쪽으로 걸어갔다. 몇 년 전 그는 창고 바닥에 '낚시 구멍'을 뚫어 놓았다. 에디는 구멍을 덮은 플라스틱 뚜껑을 열고 바다 아래 24미터 깊이에 드리운 나일론 줄을 당겼다. 낚싯줄 끝에는 여전히 소시지가 매달려 있었다.

도밍게즈가 소리쳤다.

"뭐가 물렸어요?"

"고기가 물렸으면 말해 주세요!"

에디는 도밍게즈가 낙천적인 데 놀랐다. 낚싯줄에 물고기가 걸린 적이 한 번도 없는데도 저렇게 태연히 묻다니.

"언젠가 넙치가 걸릴 거예요!"

"그래."

에디는 우물우물 대답했다. 하지만 그는 넙치가 걸려도 그 작은 구멍으로는 물고기를 빼낼 수 없다는 것을 알고 있었다.

에디는 정비실을 나와 나무 산책로를 따라서 남쪽 끝으로 갔다. 매점 아가씨는 장사가 잘 안 되는지 카운터에 팔꿈치를 대고 풍선껌을 씹고 있었다. 예전에는 여름만 되면 사람들이 루비 가든에 모여들었다. 루비 가든은 코끼리가 있고, 불꽃놀이를 하고, 댄스 경연 대회가 펼쳐지는 곳이었다. 하지만 이제 사람들은 바닷가에 있는 작은 놀이공원에는 오지 않았다. 대신 75달러나 내는 테마파크에 가서 털옷을 입은 갖가지 캐릭터와 함께 사진을 찍었다.

에디는 다리를 절뚝이며 범퍼카 앞을 지나갔다. 그런데 10대 아이들이 난간 위로 몸을 쑥 내밀고 있었다. 그는 속으로 중얼거렸다. '이런. 내가 참견할 수밖에 없군.'

에디는 지팡이로 난간을 내리치면서 호통을 쳤다.

"내려와라, 이놈들. 난간은 위험하다."

10대 아이들이 에디를 노려봤다. 범퍼카의 기둥이 휘휘 소리를 내며 돌았다.

"어서, 위험하다고!"

10대 아이들은 에디가 소리치는 것도 아랑곳하지 않고

자기들끼리 낄낄대며 쳐다봤다. 머리를 오렌지색으로 물들인 아이가 콧방귀를 뀌더니 난간을 넘었다.

"이놈들아, 내 말이 우습냐! 어서 빨리 내려오지 못해?"

에디가 지팡이로 난간을 어찌나 세게 내리쳤는지 난간이 두 동강 날 지경이었다. 10대 아이들은 달아나 버렸다.

에디가 군인이었다는 얘기도 있었다.

그러나 에디는 단지 일개 병사였을 뿐 직업군인이었던 적이 없었다. 그는 전쟁에 참전했고 용감하게 싸워서 훈장을 받았다. 그런데 에디가 다리를 절게 된 데는 다른 이유가 있다는 소문도 나돌았다. 제대하기 전 같은 편 병사와 싸움이 붙어 그렇게 되었다는 것이다. 상대 병사가 어떻게 되었는지 아는 사람은 없었다. 물론 묻는 사람도 없었다.

에디는 털썩 하며 의자에 힘없이 주저앉았다. 짧은 팔은 물개 지느러미처럼 가슴에 모았다. 다리가 햇볕에 그을려 벌겋는데, 왼쪽 무릎에는 아직도 흉터가 남아 있었다. 사실 에디의 몸에는 싸움에서 살아남은 흔적이 여럿 있었다. 기계를 다루다 입은 골절상 때문에 손가락은 흉하게 굽었고, 술집 싸움판에 휘말려 코뼈가 부러지기도 했다. 한때는 꽤 잘생긴 얼굴이었는데.

에디는 고단해 보였다. 이곳은 그가 루비 가든에서 늘

오던 곳이다. '잭 래빗라이드' 뒤쪽 자리. 1980년대에는 '썬더볼트'가 있었고, 1970년대에는 '뱀장어 타기', 1960년대에는 '막대 사탕 그네', 1950년대에는 '암흑 탐험'이 있었다. 그리고 그 전에는 '스타 더스트 밴드 셸'(작은 밴드가 연주하던 조개 모양의 무대. 앞에는 관객들이 춤을 출 수 있는 곳이 마련되어 있었다)이 있었다.

에디가 마거릿을 만난 곳도 여기였다.

누구나 진정한 사랑을 만난 순간의 스냅사진 같은 장면을 간직한다. 에디에게는 폭풍우가 지나간 훈훈한 9월 밤이 바로 그날이었다.

나무 산책로가 물에 젖어 푹신했다. 마거릿은 노란색 면 원피스를 입고 분홍색 베레모를 쓰고 있었다. 에디는 너무나 긴장한 나머지 아무 말도 하지 못했다. 그들은 '키다리 드레인리와 에버글레이즈 오케스트라'의 연주에 맞춰 춤을 추었고, 에디는 그녀에게 레모네이드를 사 주었다. 마거릿은 부모님이 화를 내시기 전에 집에 가야 한다고 말했다. 하지만 그녀는 걸어가면서도 다시 뒤를 돌아보고 손을 흔들었다.

에디는 그 순간을 담은 '스냅사진'을 평생 간직했다. 마거릿을 생각할 때마다 그때의 모습이 눈에 선했다. 어깨 너머로 손을 흔드는 모습, 검은색 머리카락이 눈을 덮은 모습……. 그럴 때마다 예전과 똑같은 사랑이 샘솟았다.

그날 밤, 에디는 집에 와서 형을 깨운 뒤 결혼할 여자를 만났다고 자랑했다.

"잠 좀 자자, 에디."

형이 투덜댔다.

철썩. 해변에서 파도가 부서졌다. 보고 싶지 않은 뭔가가 기침과 함께 터져 나왔다. 그는 그것을 내뱉었다.

철썩. 전에는 마거릿 생각을 그토록 많이 했는데 언제부터인가 흐릿해지기 시작했다. 그녀는 오래된 반창고 밑에 있는 상처 같았고, 에디는 그 반창고에 점점 익숙해졌다.

철썩.

대상포진이 뭘까?

철썩.

파도가 또 부서졌다.

혼자서 굴러가는 이야기는 없는 법. 가끔씩 이야기들이 구석에서 만나고, 어떤 때는 서로 완전히 합해지기도 한다. 강 밑바닥에 있는 돌들처럼.

몇 달 전 구름 낀 밤, 한 청년이 친구 셋과 함께 루비 가든에 놀러 왔다. 이제 막 운전을 시작한 니키라는 청년은 열쇠 뭉치를 갖고 다니는 데 익숙하지 않았다. 그래서 자동차 열쇠만 빼서 재킷 주머니에 넣고, 재킷은 허리에 묶었다. 그 후 몇 시간 동안 니키 일행은 빠른 속도로 돌아가는 기구란 기구는 모두 탔다. '독수리 비상', '우주선', '유령 열차' 등등. 그리고 '프레디 낙하'라는 놀이기구도 있었다.

"손을 뻗어 봐!"

한 사람이 소리치자 모두 공중에 손을 뻗었다. 그들은 실컷 놀고 나서 날이 어두워지자 주차장으로 갔다. 지친 몸으로 웃음을 터뜨리며, 시원한 맥주를 들이켰다. 니키는 재킷 주머니에 손을 넣어 열쇠를 찾았다. 그가 욕설을 내뱉었다. 열쇠가 없어졌던 것이다.

 에디는 손수건으로 이마를 닦았다. 바다 위에서는 다이아몬드 같은 햇살이 잔잔한 파도 위에서 춤을 추었다. 에디는 햇살의 재빠른 움직임을 바라보았다. 그는 전쟁에서 돌아온 후로 자기 발을 그렇게 움직여 본 적이 없었다.

 하지만 마거릿과 '스타 더스트 밴드 셸'에 들어가 있을 때, 에디는 근사했다. 그는 눈을 감고 두 사람을 하나로 엮어 준 노래를 떠올렸다. 영화에서 주디 갈랜드가 부른 노래였다. 머릿속에서 부서지는 파도 소리와 놀이기구를 타는 아이들의 비명 소리가 뒤섞였다.

"당신은 나를 사랑하게 만들었죠."

철썩.

"그러고 싶진 않았는데……."

철썩.

"사랑하게 만들었죠……."

와아!

"당신은 알았죠……. 모든 걸……."

철썩.

"알았죠……."

에디는 어깨를 잡는 마거릿의 손길을 느꼈다. 그리고 손길을 더 가까이 느끼기 위해 눈을 꼭 감았다.

"저……, 저기요."

에디는 어린 소녀의 목소리에 눈을 떴다. 여덟 살쯤 되었을까? 아이가 햇빛을 가리며 에디 앞에 서 있었다. 금발의 곱슬머리에, 만화에 나오는 오리가 그려진 연두색 티셔츠와 반바지 차림이었다. 에이미. 그는 아이 이름이 에이미라고 생각했다. 에이미 아니면 애니일 것이다. 아이 엄마나 아빠를 본 적은 없지만, 여름이면 자주 오는 아이였다.

"실례해요. 에디 메인트넌스 씨?"

"그냥 에디라고 부르렴."

"에디 할아버지?"

"그래."

"부탁인데요……"

소녀는 기도하듯 손을 모아 쥐었다.

"부탁인데요, 동물을 하나 만들어 주세요. 네?"

에디는 잠시 생각을 하더니 고개를 들었다. 셔츠 주머니에서 담배 파이프를 청소하는 철사 같은 노란색 기구를 꺼냈다. 이럴 때를 대비해 늘 갖고 다니는 물건이었다.

"와, 신난다!"

소녀가 손뼉을 치며 말했다. 에디는 파이프 청소 기구를 비틀기 시작했다.

"엄마는 어디 계시니?"

"놀이기구를 타고 있어요."

"널 혼자 남겨 두고?"

아이는 어깨를 으쓱하며 대답했다.

"엄마는 남자친구랑 있어요."

에디가 고개를 들었다. 음....... 그는 파이프 청소 기구를 구부려 고리 몇 개를 만들고는 서로 엮었다. 이제는 손이 떨려서 예전보다 시간이 더 걸렸지만, 곧 머리, 귀, 몸통, 꼬리가 만들어졌다.

"토끼예요?"

아이가 묻자 에디가 눈을 찡긋했다.

"고맙습니다!"

신이 난 아이는 몸을 홱 돌려 뛰어갔고, 에디는 다시 이마의 땀을 닦고 눈을 감았다. 벤치에 몸을 기대고 옛 노래를 기억하려 애썼다.

갈매기가 머리 위를 날아가며 끼룩대고 울었다.

사람들은 마지막 말을 어떻게 선택할까? 그 말의 무게를 알고 있을까? 또 그 순간 현명한 말을 하게 될까?

에디는 여든세 번째 생일을 맞을 때까지 좋아하는 사람을 죄다 잃었다. 어떤 이는 젊어서 죽었고, 어떤 이는 늙도록 살다가 병이나 사고로 떠났다. 장례식에 가 보면, 조문객들은 고인과 나눈 마지막 대화에 대해 이야기했다. "꼭 죽을 걸 아는 사람 같았어요……."라고.

하지만 에디는 그런 말을 믿지 않았다. 때가 오면 오는 거고, 그걸로 끝이 아닌가. 세상을 떠나면서 그럴듯한 말을 할 수도 있지만 멍청한 말을 하고 죽을 수도 있지 않은가. 에디는 무슨 말을 할까?

굳이 밝히자면 에디가 마지막으로 한 말은 "물러서요!"였다. 그러나 에디는 말을 하기 전에 먼저 여러 가지 소리를 들어야 했다. 파도가 부서지는 소리. 멀리서 쿵쾅대는 록 음악 소리. 꼬리에 광고문을 매단 소형 쌍발기의 엔진 소리. 그리고 이 낯선 목소리.

"하느님 맙소사! 여기 좀 보세요!"

에디는 감긴 눈꺼풀 밑에서 눈동자가 빠르게 움직이는 것을 느꼈다. 그는 루비 가든에서 오랜 세월을 보내면서 그곳에서 나는 모든 소리를 알게 되었다. 그런 소리를 자장가 삼아 잠들 수도 있을 정도였다.

하지만 이 목소리는 자장가가 아니었다.

"맙소사! 아악……, 여기 좀 보세요!"

에디는 벌떡 일어났다. 팔이 굵은 여자가 쇼핑백을 들고, 손짓을 하며 비명을 질러 댔다. 사람들이 그녀 주변에 모여들어 하늘을 올려다봤다.

에디는 곧 상황을 알아차렸다. 새로 들여놓은 고공 낙하 놀이기구인 '프레디 낙하'의 카트 한 칸이 기울어져 있었다. 남자 둘, 여자 둘인 승객 네 명은 미친 듯이 안전판을 붙들고 있었다. 뚱뚱한 여자가 다시 소리쳤다.

"맙소사! 저기 사람들이! 사람들이 떨어지겠어요!"

에디의 허리띠에 걸린 무전기에서는 누군가의 다급한 목소리가 들려왔다.

"에디! 에디!"

그가 단추를 누르고 대답했다.

"나도 봤어! 빨리 안전요원을 불러! 어서 빨리!"

바닷가에 있던 사람들이 소방 훈련이라도 하듯 손짓하며 달려왔다. 봐요! 저기 하늘! 놀이기구가 뒤집혔어요!

에디는 지팡이를 들고 승강대 부근에 있는 안전그물 쪽으로 걸어갔다. 엉덩이 부근에서 열쇠뭉치가 부딪히는 소리가 났다. 가슴이 방망이질을 해 댔다.

프레디 낙하는 두 개의 카트가 가슴 조이는 속도로 떨어지다가 마지막 순간에 유압에 의해 정지하게 만든 기구였다. 어떻게 카트 한 칸이 저렇게 느슨해졌을까? 카트는 꼭대기에 있는 출발대에서 몇 미터 아래로 기울어져 있었다. 내려오다가 마음을 바꾸기라도 한 것 같았다.

에디는 사고 지점에 도착하자 숨을 멈춰야 했다. 도밍게즈가 달려 나오다가 그와 부딪힐 뻔했다. 에디가 그의 어깨를 잡고 황급히 말했다. 에디의 손힘이 너무나 세서 도밍게즈는 얼굴을 찡그렸다.

"내 말 잘 들어! 잘 들으라고! 위쪽 출발대에는 누가 있지?"

"윌리요."

"그래? 그럼 윌리가 비상 제동장치를 눌렀을 거야. 그래서 카트가 매달려 있는 거지. 사다리를 타고 올라가서, 윌리에게 안전 제동장치를 수동으로 풀라고 말해. 그래야 사람들이 내릴 수 있으니까. 알았나? 안전 제동장치는 카트 뒤쪽에 있으니까 윌리에게 몸을 쑥 내밀라고 해야 해. 알았나? 그런 다음…… 그런 다음에는 윌리와 자네가 함께 손님들을 내려 줘! 한 사람이 다른 사람을 받쳐 주라고! 알았지! 알겠어?"

도밍게즈가 얼른 고개를 끄덕였다.

"그런 다음 저놈의 카트를 밑으로 내리라고. 무슨 일인지 알아봐야지!"

에디는 머릿속이 울렸다. 지금껏 루비 가든에서는 대형 사고가 없었지만, 다른 놀이공원에서 일어난 끔찍한 사고에 대해서는 잘 알고 있었다. 브라이튼에서는 곤돌라의 볼트가 풀려서 두 사람이 죽었다. 또 원더랜드 파크에서는 한 남자가 롤러코스터 철로 위를 걸어가다가 철로 틈으로 떨어져 겨드랑이가 철로에 걸렸다. 그는 철로에 끼여 비명을 질러 댔고, 롤러코스터는 그가 있는 쪽을 향해 올라오고……. 최악의 사건이었다.

에디는 머릿속에서 그런 생각을 밀어냈다. 그의 주위에 사람들이 모여들고 있었다. 다들 손으로 입을 막고 도밍게즈가 사다리를 오르는 광경을 숨죽이며 지켜보았다. 에디는 프레디 낙하의 내부 구조를 기억해 내려고 애썼다. 엔진, 실린더, 유압 장치, 봉합 장치, 케이블……. 어떻게 카트 한 칸이 느슨해질 수 있을까? 그는 머릿속으로 그려 보고, 또 그려 보았다.

도밍게즈가 위쪽 출발대에 닿았다. 그는 에디가 지시한 대로 윌리를 붙잡았고, 윌리가 승객들이 탄 카트 위로 몸을 내밀어 제동장치를 풀었다. 여자 승객 한 명이 윌리에게 뛰어드는 바람에 하마터면 윌리가 출발대에서 떨어질 뻔했다. 밑에서 구경하던 사람들이 입을 벌린 채 숨을 죽이고 있었다.

"잠깐……."

에디가 혼잣말로 중얼대는 동안 윌리가 다시 시도를 했다. 이번에는 안전장치를 풀었다.

"케이블이야."

에디가 중얼거렸다. 윌리가 안전판을 들어 올리자 구경꾼들이 '아' 하고 안도했다. 승객들은 카트에서 출발대로 재빨리 내려섰다.

'케이블이 풀리고 있는 거야.' 에디가 옳았다. 프레디 낙하의 밑바닥, 눈에 보이지 않는 곳에서 2번 카트를 올리는 케이블이 지난 몇 달간 꿈쩍하지 않는 도르래와 계속해서 마찰했다. 도르래가 꿈쩍하지 않아서 쇠 케이블이 점점 닳고 있었지만 아무도 알아차리지 못했다. 누군들 알아차릴 수 있겠는가? 기계 안으로 들어가 보지 않는 이상 아무도 문제를 알 수 없었다.

멈춰진 도르래에는 작은 물체가 쐐기처럼 끼어 있었다. 우연한 순간에 거기에 떨어진 물건. 바로 자동차 열쇠였다.

"브레이크 풀지 마!"

에디가 양팔을 휘저으며 소리쳤다.

"이봐! 이보라고! 케이블 때문이야! 브레이크를 풀지 말라고! 쾅 떨어질 거야!"

에디의 목소리는 구경꾼들의 소리에 파묻혔다. 윌리와 도밍게즈가 마지막 승객을 내려놓자 모두들 환호했다. 네 사람 다 무사했던 것이다. 그들은 출발대 위에서 서로 포옹했다.

"도밍게즈! 윌리!"

에디가 소리쳤다. 누군가와 부딪히는 바람에 허리에 찬 무전기가 땅에 떨어졌다. 에디가 무전기를 집으려고 허리를 굽히는 순간, 윌리가 조종실로 갔다. 그가 초록색 단추를 눌렀다. 에디가 고개를 쳐들었다.

"안 돼! 안 된다고! 누르지 마!"

에디가 구경꾼들을 향해 고개를 돌렸다.

"물러서요!"

그의 벼락같은 경고에 사람들이 정신을 차렸다. 모두 환호를 멈추고 흩어지기 시작했다. 프레디 낙하 부근이 텅 비었다.

그 순간 에디는 죽기 전의 마지막 얼굴을 봤다. 여자아이가 놀이기구의 승강대 바닥에 넘어져 있었다. 누군가 아이를 밀어 넣은 것 같았다. 아이는 콧물을 줄줄 흘렸고, 눈에는 눈물이 그렁그렁했다. 파이프 청소 기구로 만든 토끼를 갖고 간 바로 그 아이. 에이미? 아니 애니던가?

"엄마……, 엄마……, 엄마……."

아이는 가슴을 들먹이며 울어 댔다.

"엄마……, 어, 엄마……."

에디의 시선이 소녀에서 기구에 매달린 카트로 옮겨 갔다. 시간이 있을까? 아이를 구할 수 있을까?

쾅. 너무 늦었다. 기구에 달려 있던 카트들이 떨어지고 있었다. 맙소사, 브레이크를 풀었구나! 에디에게는 모든 것이 물속의 움직임처럼 느리게 돌아가는 것처럼 보였다. 그는 지팡이를 던져 버리고 아픈 다리를 끌었다. 통증이 너무 심해 주저앉을 뻔했지만 한 걸음 크게, 또 한 걸음 크게, 그렇게 앞으로 나아갔다. 기구의 굴대 안에서는 마지막 케이블 가닥이 툭 끊어졌고, 이제 유압선까지 찢어져 버렸다. 2번 카트가 멈추지 못하고 뚝 떨어질 상황이었다.

마지막 순간, 에디는 온 세상의 소리를 다 듣는 것 같았다. 멀리서 들리는 비명 소리, 파도 소리, 음악 소리, 바람이 밀려오는 소리. 그는 낮고 시끄럽고 거슬리는 소리가 가슴에서 터져 나오는 자신의 목소리임을 깨달았다. 소녀가 양팔을 휘저었고 에디는 달려갔다. 다친 다리가 자꾸만 거치적거려서 반은 날고 반은 뛰다시피 아이에게 갔다. 철제 승강대에 발을 디디다가 셔츠가 걸리는 바람에 살이 찢겼다. '에디 메인트넌스'라는 글자 바로 아래였다. 두 손이 느껴졌다. 그의 손에 작은 손이 잡혔다.

아찔한 충격.

앞이 안 보일 정도로 번쩍하는 빛.

그리고 아무것도 없었다.

에디가 태어나던 날

1920년, 도시의 빈민가 지역에 있는 복잡한 병원. 에디의 아버지는 대기실에서 줄담배를 피워 대고 있었다. 간호사가 차트를 가슴에 든 채 들어왔다. 간호사가 대기실을 둘러보며 그의 이름을 부르자 그가 손을 높이 쳐들었다.

"축하합니다."

그는 고개를 꾸벅 숙여 답례하고는, 간호사를 따라 신생아실로 향했다. 그의 구두 뒷굽이 바닥에 닿는 소리가 복도에 울려 퍼졌다.

"여기서 기다리세요."

유리창 저쪽에서 간호사가 아기 요람의 숫자를 확인하는 것이 보였다. 간호사가 어떤 요람 앞을 지나쳤다. 그의 아기가 아니었다. 또 다른 요람. 이번에도 아니었다. 그 옆 요람.

간호사는 그제야 멈춰 섰다. 아기는 담요를 덮고 작은 머리에 파란 모자를 쓰고 있었다. 간호사가 다시 차트를 확인하더니 창밖으로 손짓을 했다.

에디의 아버지는 참았던 숨을 시원하게 내쉬고는 고개

를 끄덕였다. 순간 강 속으로 무너져 내리는 다리처럼, 굳었던 그의 얼굴이 허물어졌다. 긴장이 풀어진 표정에 이내 미소가 번졌다. 미리 지어 놓은 이름이 그의 머리에 떠올랐다. 내 아이. 에드워드……, 에디.

에디는 지상에서의 마지막 순간을 전혀 보지 못했다. 선창가도, 사람들도, 산산조각 난 놀이기구도.

사후 세계에 대한 이야기를 들어 보면, 영혼은 작별의 순간에 공중을 떠다닌다고 한다. 고속도로 사고 현장에서 경찰차 위에 떠 있거나, 병실 천장에 거미처럼 매달려 있는 것이다. 이런 사람들은 두 번째 기회를 얻는다. 그들은 어찌어찌해서 세상에서 다시 시작하는 사람들이다. 그러나 에디는 그런 두 번째 기회 같은 건 못 얻는 듯했다.

어디지……?
어딜까……?
어디……?

하늘은 뿌연 호박 빛깔이더니, 짙은 옥색으로 변했다가 다시 연두색이 되었다. 에디는 팔을 뻗은 채로 둥둥 떠다녔다.

어디일까……?

놀이기구의 카트가 떨어지고 있었던 건 기억났다. 어린 소녀가 울고 있었던 것도. 그래서 달려갔던 것도. 승강대에 뛰어오른 것도 기억났다. 아이의 두 손을 와락 잡은 느낌이 생생하게 남아 있었다.

그다음은?

내가 아이를 구했을까?

마치 오래전에 일어난 일처럼 멀리서 그림을 그려 볼 따름이었다. 다시 끔찍한 순간을 떠올려 봤지만 이상하게도 평온한 느낌만 밀려들 뿐 어떠한 감정도 일어나지 않았다. 엄마 품에 안긴 아기처럼 평온했다.

이곳은 어디일까?

주위의 하늘 색이 다시 변했다. 오렌지 같은 노란빛이 되더니 초록빛으로 변했다가 다시 분홍빛이 되었다. 순간 에디는 솜사탕을 떠올렸다.

내가 아이를 구했을까?

아이는 살았을까?

내 근심과 아픔은 모두 어디로 갔을까?

모든 게 낯설고 이상했다. 전에 느끼던 아픔, 참고 살아온 통증……. 그런 것들이 내뿜은 입김이 사라지듯 없어져 버렸다. 고민도 슬픔도 없었고, 그저 평온함만이 존재했다. 의식이 한 줄기 연기처럼 살아 있는 듯했다. 에디의 발아래 놓인 무언가의 색이 변하고 있었다. 뭔가 휘휘 돌고 있었다. 물. 큰 바다. 그는 광활한 누런 바다 위를 떠가고 있었다. 바다의 색은 파파야멜론처럼 변했다가, 이제는 사파이어 빛깔이었다. 이윽고 그는 수면을 향해서 밑으로 떨어지기 시작했다. 상상할 수 없을 만큼 빠르게 떨어졌지만, 얼굴에 바람이 스치는 느낌은 없었다. 두려움도 느껴지지 않았다. 그는 황금빛 해안의 모래밭을 보았다.

그러더니 물 밑에 있었다.

그리고 모든 게 조용했다.

걱정과 근심은 모두 어디로 갔을까?

통증은 다 어디로 갔을까?

에디는 다섯 살

에디가 다섯 살이 되던 날.

파티는 일요일 오후 루비 가든에서 열렸다. 하얀 해변이 내려다보이는 나무 산책로에 피크닉 테이블이 차려지고, 그 위에 갖가지 색깔의 초를 꽂은 케이크가 놓였다.

얼마 안 있어 루비 가든에서 일하는 사람들이 몰려왔다. 호객꾼, 서커스 배우, 동물 조련사들. 그 가운데는 수산 시장 인부도 몇몇 끼여 있었다. 에디의 아버지는 평소처럼 카드 게임을 하고 있었고, 에디는 그의 발치에서 장난감을 가지고 노느라 정신이 팔려 있었다. 형 조는 나이 든 부인들 앞에서 팔굽혀펴기를 해 보이며 체력을 뽐냈다. 부인들은 짐짓 관심을 나타내며 손뼉을 쳤다.

에디는 생일 선물로 받은 빨간 카우보이모자를 쓰고 장난감 총집을 두르고 있었다. 에디가 일어나서 사람들에게 달려가며 총을 뽑아 들고 소리쳤다.

"탕, 탕!"

"이리 와 봐."

미키 셰이가 벤치에서 에디를 불렀다.

"탕, 탕."

에디가 총을 쏘며 그에게 달려갔다.

아버지의 동료인 미키 셰이는 놀이기구를 관리하는 사람이었다. 그는 뚱뚱한 몸집에 멜빵 차림을 하고서 매일 아일랜드 민요를 부르면서 돌아다녔다. 그에게서는 늘 기침 시럽 같은 묘한 냄새가 났다.

에디가 다가오자 미키가 말했다.

"이리 와 봐. 내가 생일 비행기를 태워 주지. 우리 아일랜드에서는 생일날 비행기를 태워 주거든."

미키가 갑자기 솥뚜껑 같은 손을 에디의 양쪽 겨드랑이 밑에 넣고 위로 번쩍 들어 올렸다. 그러고는 에디의 몸을 공중에서 휙 뒤집어 발목을 붙들었다. 그 바람에 에디의 모자가 훌렁 벗겨졌다.

"조심해요, 미키!"

에디의 엄마가 놀라 소리쳤다. 아버지는 고개를 들더니 히죽 웃고는 다시 카드 판으로 관심을 돌렸다. 미키가 에디의 머리를 바닥에 닿을락 말락 하게 내려놓으면서 외쳤다.

"하하! 잡았다, 요놈. 한 살에 비행기 한 번씩이다."

"하나!"

미키가 다시 에디를 위로 들어 올렸다. 다른 사람들도 웃으면서 함께 수를 세기 시작했다.

"두-울! 셋!"

그렇게 거꾸로 매달려 있자니 에디는 머리가 점점 무거워지는 듯했다. 사람들도 누가 누구인지 전혀 구분이 가지 않았다.

"네-엣."

"다섯!"

미키가 에디의 몸을 똑바로 세워서 내려 주자 모두 손뼉을 쳤다. 그에게서 놓여나자마자 에디는 모자부터 집으려 했다. 하지만 다리가 뜻대로 움직이지 않고 비틀거렸다. 에디는 일어나서 미키에게 다가가 주먹으로 팔을 쳤다.

"하하! 왜 그러니, 꼬마야?"

미키가 말하자 모두들 웃었다. 에디는 그 자리를 피하려고 몸을 홱 돌려 달아났다. 세 발자국쯤 옮겼을 때, 엄마가 그를 끌어안았다.

"괜찮니? 에디?"

엄마의 얼굴이 코앞에 있었다. 에디는 엄마의 빨간 립스틱과 통통하고 보드라운 뺨을 바라보았다. 구불구불한 적갈색 머리칼도.

"날 거꾸로 매달았어요."

"엄마도 봤단다."

엄마가 모자를 씌워 주었다.

이제 조금 후면 그녀는 아들과 선창가를 걷고, 코끼리를 태워 줄 터였다. 아니면 어부들이 저녁에 그물을 던지는 걸 구경시켜 줄 것이다. 바다의 물고기들은 물에 젖어 반짝이는 동전처럼 펄쩍펄쩍 뛸 것이다. 엄마는 그것을 보면서 에디의 손을 잡고, 하느님이 착한 에디를 자랑스러워하실 거란 말을 해 주실 터였다. 그러면 에디는 그제야 이 세상이 다시 제자리로 돌아온 느낌을 받게 될 것이다.

첫 번째 만남

인연의 장

에디는 구식 놀이기구인 회전 찻잔 속에서 잠을 깼다. 짙은 갈색 나무로 만든 찻잔 속에는 방석이 놓여 있고 쇠 경첩이 달린 문이 있었다. 그의 팔다리는 찻잔 밖으로 늘어져 있었다. 하늘은 짙은 갈색에서 진홍색으로 변했다.

그는 지팡이를 잡으려 했다. 지팡이가 없으면 아침에 일어나지 못했기 때문에 지난 몇 년간 지팡이를 침대 옆에 두고 살았다. 한때는 사람을 만나면 주먹으로 어깨를 퍽퍽 치는 것으로 인사를 대신하던 에디로서는 당황스러운 일이었다.

하지만 지금은 지팡이가 없다. 에디는 한숨을 내쉬며 몸을 일으켜 보았다. 그런데 놀랍게도 등이 아프지 않았고 무릎도 쑤시지 않았다. 너 세게 몸을 당기니 찻잔 밖으로 쉽게 다리를 내려놓을 수 있었다. 바닥에 어색하게 발을 디디는 순간, 세 가지 생각이 머리를 스치고 지나갔다.

첫째, 기분이 아주 좋다는 것. 둘째, 자신이 지금 혼자라는 것. 그리고 마지막 세 번째로, 자신이 아직도 루비 가든에 있다는 것이었다.

하지만 요즘의 루비 가든과는 사뭇 달랐다. 캔버스 천으로 지은 천막이 즐비했고, 넓은 풀밭이 보였으며, 이끼 낀 방파제 너머로 바다가 한눈에 들어왔다. 놀이기구들은 암녹색이나 적갈색이 아니라, 빨간색과 크림 빛이 도는 흰색이 대부분이었다. 기구마다 매표소도 있었다. 그가 정신을 차린 찻잔은 '스핀오라마'라는 구식 회전 놀이기구였다. 길에 줄지어 선 상점에 걸린 간판처럼 스핀오라마의 간판도 얇은 합판으로 만들어져 있었다.

담배 하면 엘티엠포 시거!
진한 수프 10센트!
짜릿한 하늘 열차를 타세요!

에디는 눈을 여러 번 깜빡였다. 가만히 살펴보니 이곳은 그가 어린 시절에 보았던 75년 전의 루비 가든이었다.

다만 모든 게 새 물건인 점만 달랐다. 수십 년 전에 망가진 '뱅뱅이'와 탈의장과 해수 수영장도 있었는데, 그것들 역시 1950년대에 없어진 시설이었다. 또 하늘에 우뚝 솟은 것은 원래의 '페리스 회전 바퀴'였고 그 너머로 그가 살던 옛 동네가 보였다. 세입자들이 사는 벽돌 주택의 지붕이 다닥다닥 붙어 있었다. 창문에는 빨랫줄이 걸려 있었다.

에디는 고함을 쳐 보려 했지만, 피식 하고 공기가 빠지는 것만 같았다. 입술을 달싹여 '여어!' 했지만 소리가 나오지 않았다. 팔과 다리를 꼬집어 보기도 했다. 목소리가 안 나오는 걸 빼면 몸은 믿을 수 없을 정도로 가벼웠다. 빙빙 원을 돌며 걸어 보기도 하고 펄쩍펄쩍 뛰기도 했지만 통증이 전혀 느껴지지 않았다. 지난 10년간 걸을 때마다 얼굴을 찌푸리고, 앉을 때마다 몸을 비틀어야 했는데, 이제는 전혀 아프지 않았다. 항아리 같은 가슴을 가진 땅딸막한 사내. 모자를 쓰고, 반바지에 정비공 유니폼 상의를 입은 노인의 모습. 겉모습은 그날과 똑같았지만 몸은 자유롭게 움직일 수 있을 만큼 유연했다. 어찌나 유연한지 손을 뻗어 발목 뒤를 짚을 수 있었고, 다리를 가슴까지 끌어올릴 수도 있었다. 에디는 새 기계에 매혹된 아이처럼 몸을 움직여 보고, 고무 인형처럼 여기저기를 쭉쭉 늘여 보았다. 그런 다음 뛰었다.

하하! 달리기라니! 에디가 제대로 뛰지 못한 지는 벌써 60년이나 되었다. 전쟁 이후로는 달리지 못했는데, 지금은 달리고 있는 것이다. 처음에는 천천히 뛰다가 속도를 붙이며 점점 빨리 달렸다. 나무 산책로를 달리다가 낚시꾼들이 주로 가는 낚싯밥 판매소와 수영복 대여점 앞을 지났다. 그는 '딥시 두들'이라는 낙하 기구 앞을 쌩하고 달려갔다.

루비 가든 산책로를 지나 뾰족탑과 양파 모양 지붕이 있는 이슬람식 건물 밑을 달려가니 회전목마가 나왔다. 회전목마장에는 목마와 거울, 반짝반짝 빛나는 오르간이 있었다. 한 시간 전만 해도 그는 정비실에서 회전목마 기구의 녹을 닦아 내고 있었건만.

그는 오락장 거리 한가운데를 지나 달려가다가 팔짝 뛰고, 또 달려가다가 팔짝 뛰었다. 마치 전속력으로 달리다가 하늘로 날아오를 수 있다고 믿는 아이 같았다. 보는 사람이 있었다면 얼마나 이상하게 생각했을까? 머리가 허연 정비실 직원이 혼자서 하늘을 나는 흉내를 내고 있다니. 하지만 아무리 나이가 들어도 누구나 가슴 한구석에는 '신나게 달리던 아이'였던 시절을 간직하고 있으리라.

바로 그때 어디선가 쇳소리가 나는 듯했다. 에디가 달리기를 멈추고 들어 보니 메가폰에서 나는 소리 같았다.

"신사 숙녀 여러분, 이 사람은 어떻습니까? 이렇게 끔찍한 광경을 보신 적이 있습니까?"

에디는 대형 극장 앞에 있는 텅 빈 매표소 옆에 서서 간판을 바라보았다.

세상에서 가장 이상한 사람들.
루비 가든 최고의 쇼!
신비한 연기! 뚱보와 말라깽이!
야수 인간을 만나 보세요!

최고의 쇼. 괴물들의 전시장. 과장 광고. 에디의 기억 속에서, 이곳은 적어도 50년 전에 문을 닫은 극장이었다. 텔레비전의 인기가 높아지면서, 사람들이 더 이상 이런 쇼를 보며 상상력을 키우지 않아도 되는 무렵이었다.

"괴기스런 모습으로 태어난 이들을 보세요······."

에디는 입구를 들여다보았다. 여기서 이상한 사람들을 만난 적이 있었다. 몸무게가 220킬로그램도 더 되는 졸리 제인을 계단에 올리려면 남자 둘이 필요했다. 등이 달라붙은 쌍둥이 자매는 악기를 연주했다. 칼을 삼키는 남자도 있었고, 수염이 난 여자도 있었다. 또 살을 기름에 수도 없이 담그는 바람에 피부가 고무처럼 늘어나서 흐물흐물해진

이탈리아인 형제도 있었다.

어릴 적 에디는 이런 쇼에 나오는 사람들이 불쌍했다. 그들은 진열장이나 무대 위에 앉아 있어야 했고, 때로는 창살 뒤에 갇혀 있기도 했다. 그러면 구경꾼들이 지나가면서 심술궂은 눈초리로 쳐다보고 손가락질을 했다. 호객꾼들은 그들이 괴기스럽다고 과장히며 떠들어 댔다. 지금 에디의 귀에 들리는 소리도 호객꾼의 목소리였다.

"이 사람은 뒤틀린 운명 탓에 이런 끔찍한 모양이 되었습니다! 우리는 여러분의 눈요기를 위해 아주 머나먼 곳에서 그들을 데려왔습니다……."

에디가 어두운 복도로 들어가니 호객꾼의 목소리가 점점 커졌다.

"이 가여운 영혼은 자연의 가혹함을 인내하며 살았고……."

무대 다른 편에서 나는 소리였다.

"여러분은 바로 여기 '세상에서 가장 이상한 사람들'에서만 그들을 가까이에서……."

에디가 커튼을 확 젖혔다.

"아주 요상한 사람들을 실컷 눈요기하시길……."

호객꾼의 목소리가 잦아들었다. 에디는 이 사실을 믿을 수가 없어서 뒤로 물러섰다. 무대 위에 놓인 의자에 중년의 남자가 홀로 앉아 있었다. 어깨가 구부정하게 굽은 사내는 웃통을 벗고 있었다. 배는 허리띠 위로 늘어졌고, 머리는 바싹 깎았다. 입술은 얇고, 얼굴은 길쭉했다. 눈에 띄는 점이 없었다면 에디는 그를 그냥 잊어버렸을 것이다.

그의 몸은 온통 파란색이었다.

"어서 오게, 에드워드. 자네를 기다렸네."

사내가 말했다.

"겁내지 말게."

파란 사내는 천천히 일어나며 속삭였다. 어떻게 이렇게 위안을 주는 목소리를 내는 걸까? 에디는 그를 빤히 쳐다보았지만 아무리 생각해도 모르는 사람이었다. 한데 왜 지금 그를 만나고 있을까?

"몸이 가볍지 않나? 아마 아이 때의 몸과 같을 걸세."

에디가 고개를 끄덕였다.

"자네가 아이였을 때 날 알았기 때문이지. 어릴 때와 똑같은 감정을 느끼며 시작하는 걸세."

시작하다니, 뭘? 에디는 속으로 중얼댔다.

파란 사내는 고개를 들었다. 피부색은 거뭇거뭇한 포도

처럼 볼썽사나웠고 손은 주름투성이였다. 그가 밖으로 나가자 에디는 따라나섰다. 선창가는 텅 비어 있었고, 해변에도 사람이 없었다. 온 세상이 텅 비었나?

"얘기 좀 해 주게."

파란 사내가 말했다. 그는 멀리 보이는 롤러코스터를 가리켰다. 1920년대에 만들어진 하늘 열차였다. 하늘 열차는 쉽사리 탈선하곤 했다.

"하늘 열차지. 저게 아직도 '세상에서 가장 빠른 놀이기구'인가?"

사내가 물었다. 에디는 오래전에 자취를 감춘 구식 놀이기구를 올려다보고는 고개를 저었다.

"아, 그럴 줄 알았다니까. 여기선 아무것도 변하지 않아. 구름 위에서 내려다보면 보이는 것들이 없을 거야."

'여기'라고? 에디는 생각했다. 파란 사내는 그 말을 듣기라도 한 것처럼 씩 웃었다. 그가 어깨를 건드리자 에디는 전에 느껴 보지 못한 따스함을 느꼈다.

난 어떻게 죽었을까?

"사고였어."

파란 사내가 대답했다.

죽은 지 얼마나 됐을까?

"일 분. 한 시간. 천 년."

어디 와 있지?

파란 사내는 입술을 빨더니 되물었다.

"어디에 와 있냐고?"

그가 몸을 돌리며 양팔을 들었다. 갑자기 옛 루비 가든에 있는 놀이기구들이 살아나기 시작했다. 페리스 회전 바퀴가 돌아가고 범퍼카들이 서로 부딪혔다. 하늘 열차는 위로 올라가고, 회전목마의 목마들이 신나는 오르간 소리에 맞춰 아래위로 움직였다. 그들 앞에는 바다가 펼쳐져 있었다. 그리고 하늘은 레몬 빛깔이었다.

"어디인 것 같아? 여기는 천국이야."

파란 사내가 대답했다.

아냐! 에디는 고개를 마구 저었다. 아니야! 파란 사내는 즐거운 듯 미소를 지었다.

"아니라고? 천국일 리 없다고? 왜지? 여기가 자네가 자라던 곳이라서?" 파란 사내가 물었다.

"그래."

에디가 입술을 달싹이며 대꾸하자 파란 사내가 고개를 끄덕이며 말했다.

"아, 그래. 사람들은 자기가 태어난 곳을 얕잡아보기 마련이지. 하지만 천국은 생각지도 않은 구석에서 찾아낼 수 있는 법이네. 천국에는 여러 단계가 있지. 이곳이 내게는 둘째 단계이고, 자네에게는 첫 번째 단계야."

파란 사내는 에디를 데리고 공원을 돌았다. 담배 가게를 지나고 소시지 노점을 지나자, 어수룩한 사람들이 동전푼을 뜯기는 도박장이 나왔다.

천국이라고? 에디는 생각했다. '말도 안 돼.' 그는 어른이 된 이후 줄곧 루비 가든에서 벗어나려고 애쓰며 살았다. 그곳은 놀이공원일 뿐이었다. 비명을 지르다가 몸이 홀딱 젖고, 돈을 내고 큐피 인형(갓난아이 모양의 날개 달린 요정 인형)이나 사는 그곳은 에디가 생각하는 천국과는 거리가 멀었다.

그는 다시 말해 보려고 애썼지만, 이번에는 가슴에서 쿨럭이는 소리만 났다. 파란 사내가 고개를 돌렸다.

"곧 목소리가 나올 거야. 우리 모두 똑같은 과정을 거치지. 처음 도착하면 말을 할 수가 없어."

그는 빙그레 웃으며 덧붙였다.

"말을 듣는 데 도움이 되니까."

그리고 사내는 말을 멈췄다.

파란 사내는 에디를 쳐다보다가 불쑥 말했다.

"자네는 천국에서 다섯 사람을 만나는데, 그들은 모두

자네 인생에 결부되어 있지. 그때는 자네도 이유를 몰랐을 테지만 말일세. 천국은 바로 지상에서의 인생을 이해하기 위해 있는 거라네."

에디는 혼란스런 표정을 지었다.

"사람들은 천국을 파라다이스 동산처럼 생각하지. 구름을 타고 둥둥 떠다니고, 강과 산에서 게으름을 부릴 수 있는 곳 말이야. 하지만 어떤 위안도 줄 수 없는 풍경은 무의미하다네. 이것은 신이 자네에게 줄 수 있는 가장 큰 선물이라네. 인생에서 일어났던 일을 이해하는 것 말이야. 그 연유를 설명해 주는 것. 그것이 자네가 찾았던 평안이니까."

에디는 말없이 있는 게 견딜 수 없어 목소리를 내 보려고 기침을 했다.

"에디, 난 자네가 만난 첫 번째 사람이지. 내가 죽었을 때 다섯 사람이 내 삶을 조명해 주었네. 그 후 난 자네에게 내 이야기를 해 주려고 여기에서 자네를 기다렸지. 내 이야기에는 자네의 사연도 일부 끼어 있으니까. 다른 사람들도 당신을 기다리고 있지. 그중에는 자네가 알던 사람도 있고 모르는 사람도 있다네. 하지만 모두 죽기 전 자네의 인생과 얽혀 있지. 그것이 자네의 인생을 영원토록 바꿔 버렸고."

에디는 있는 힘껏 가슴에서 소리를 밀어냈다. 마침내 소리가 새어 나왔다.

"다…… 당…… 당신은……."

병아리가 알을 깨고 나오는 것처럼 목소리가 깨지는 것 같았다.

"당신은…… 어떻게……."

파란 사내는 참을성 있게 기다렸다.

"어떻게…… 죽었냐고?"

파란 사내는 좀 놀란 표정을 지으며 빙긋 웃었다.

"자네 때문이지."

그가 말했다.

일곱 살의 여름

그해 여름, 일곱 살이 된 에디는 생일 선물로 새 야구공을 받았다. 에디는 선물을 받자마자 신이 나서 형 조와 공 던지기를 하러 나왔다.

에디가 던질 차례였다. 공을 손에 쥐고 꾹 누르니 팔을 타고 올라오는 탄력이 느껴졌다. 에디는 잠시 야구선수가 되는 상상에 빠졌다. 월터 존슨 같은 위대한 선수가 된 거다.

"자, 빨리 던져!"

형이 재촉했다.

에디와 조가 노는 곳 근처에는 오락장이 하나 있었다. 공을 던져 초록색 병 세 개를 넘어뜨리면 빨대를 꽂은 코코넛을 주는 곳이었다. 에디는 그대로 멈춰 선 채 오락장에서 공을 던지는 상상을 했다.

드디어 그가 공을 던지자 형이 움찔하며 몸을 피했다.

"너무 세잖아!"

조가 외쳤다.

"내 공! 형!"

에디가 소리쳤다.

공은 나무 산책로에 떨어졌다가 괴물인간 쇼를 벌이는 천막 뒤편의 공터로 굴러갔다. 에디는 공을 쫓아갔고 조가 그 뒤를 따랐다. 형제는 땅바닥으로 몸을 날렸다.

에디가 물었다.

"공이 보여?"

"아니."

'와' 하는 소리에 형제가 잠시 정신이 팔린 사이 천막 문이 열렸다. 에디와 조가 고개를 들어 보니, 뚱뚱한 여자와 웃통을 벗은 남자가 천막에서 나오는 중이었다. 남자의 몸에는 빨간 털이 숭숭 나 있었다. 이상한 사람들이 나오는 쇼의 출연자들이었다.

아이들은 일순간 얼어붙었다.

"꼬마들이 여기서 뭘 하시나? 사고 치려고 궁리 중이신가?"

털이 난 사내가 씩 웃으며 물었다.

그와 눈이 마주친 조는 입술을 파르르 떨다가 마침내 울음을 터뜨렸다. 그러더니 얼른 일어나 팔을 휘저으며 달아났다. 에디도 일어났지만 도망칠 수는 없었다. 긴 의자 밑에 야구공이 있었던 것이다. 에디는 웃통 벗은 사내를 쳐다보고는 천천히 공이 있는 곳으로 걸어갔다.

"내 공이에요."

에디는 공을 주워서 형을 따라 뛰어갔다.

"이봐. 난 당신을 죽이지 않았소. 알겠소? 당신을 알지도 못한단 말이오."

에디가 말하자 파란 사내는 자신에게 찾아온 손님을 편안히 해 주려는 듯 벤치에 앉아 미소를 지었다. 잠시 후 파란 사내가 말문을 열기 시작했다.

"내 본명부터 말하지. 난 요제프 코발츠비치라는 이름으로 세례를 받았어. 폴란드의 작은 마을에 사는 재봉사의 아들이었지. 우리 가족은 내가 아직 어릴 때인 1894년에 미국으로 왔다네. 어머니는 배의 난간에서 날 품에 꼭 안고 있었지. 신세계의 바람 속에서 날 부드럽게 흔들어 주었다네. 그게 아주 어린 시절의 기억이지.

이민자들이 대개 그랬듯이 우리도 돈이 없었어. 우리 가족은 삼촌네 부엌에서 매트리스를 깔고 잤지. 아버지는 스웨터 공장에 취직해서 코트에 단추를 달았어. 내가 열 살이 되자 아버지는 날 학교에 보내지 않고 공장으로 데려갔지."

파란 사내는 잠깐 생각에 잠기더니 다시 말을 이었다.

"난 원래부터 안절부절못하는 아이였어. 공장에서 나는 소음 때문에 그런 증세가 더 심해졌지. 그런 데서 일하기에는 너무 어렸던 거야. 욕설과 불평불만을 입에 달고 사는 어른들 틈에서 지내야 했으니 힘들 수밖에 없었지. 반장이 가까이 올 때마다 아버지는 '고개를 숙여라. 반장 눈에 띄지 마.'라고 말했어. 그런데 한번은 몸을 비틀다가 단추 주머니를 바닥에 쏟고 말았어. 반장이 쓸모없는 놈이라고 버럭 소리를 지르더군. 아무짝에도 쓸모없으니 나가라고. 지금도 그 광경이 눈에 선해. 아버지가 거지처럼 반장한테 애원하고, 반장은 코웃음을 치면서 손등으로 코를 쓱 닦았어. 뱃속이 뒤틀리는 느낌이 드는 바로 그 순간, 다리 위로 뭔가가 흘러내리고 있었어. 내려다봤다. 반장이 오줌 싼 바지를 가리키며 웃어 댔고, 다른 사람들도 웃음을 터뜨렸어.

그 후 아버지는 나한테 말을 걸지 않았어. 나 때문에 창피를 당했다고 생각했지. 아버지 세계에서는 그랬을 거야. 하지만 아버지가 아들을 망칠 수도 있는 법이고, 나도 어떤 면에서는 그 일로 망가진 셈이지. 난 예민한 아이였는데, 자라면서 더 예민한 청년이 되었어. 그중에서도 최악은 아직도 밤에 실례를 하는 거였어. 아침이면 젖은 이불보를 아무도 몰래 욕조에 담갔지. 어느 날 아침 고개를 드니 아버지가 서 있더군. 아버지는 오줌 싼 이불보를 보다가 다시 날 노려봤는데, 난 그 사나운 눈빛을 영원토록 못 잊을 거야. 부자 사이의 인연을 끊고 싶어 하는 눈치였거든."

파란 사내는 잠시 말을 멈추었다. 파란 물에 담근 것 같은 피부는 허리띠 부근에서 몇 겹으로 접혔다. 에디는 그 모습을 쳐다보지 않을 수 없었다.

파란 사내가 말했다.

"난 처음부터 이상한 사람은 아니었어. 당시 의술은 상당히 원시적이었지. 나는 약국에 가서 신경안정제를 달라고 했는데, 약사는 질산은이 담긴 병을 주면서 물에 섞어서 매일 밤 마시라고 하더군. 질산은은 나중에 독약으로 판명되었지. 하지만 내게 약은 그것뿐이었어. 약이 잘 듣지 않으면, 양이 부족하다고 짐작하고 더 먹었지. 물에 타지도 않고 두 번 세 번씩 삼켰어. 곧 사람들이 이상한 눈으로 쳐다보기 시작했어. 피부가 잿빛으로 변했으니까. 창피하고 초조하더군. 그래서 질산은을 더 많이 먹었고, 결국 독극물 부작용 때문에 피부가 퍼렇게 변하고 말았지."

파란 사내는 말을 멈췄다. 그는 풀이 죽은 목소리로 말을 이었다.

"공장에서 쫓겨났어. 반장이 나 때문에 딴 사람들이 무서워한다더군. 일자리가 없는데 어떻게 입에 풀칠을 하라고, 또 어디서 살라고……. 난 술집을 찾아냈지. 술집이야 어두우니 모자와 코트를 뒤집어쓰고 감출 수 있었어. 어느 날 밤, 그 술집에 서커스단 사람들이 왔지. 그들은 시거를 피우면서 왁자하게 웃고 떠들었는데, 그들 중 체구가 작고 한쪽 다리가 나무다리인 사람이 계속 날 쳐다봤다네. 결국 나한테 다가오더군. 나는 그날 밤 늦게 서커스단에 합류했어. 눈요깃감 인생이 시작된 거지."

에디는 파란 사내의 얼굴에 체념의 빛이 떠오르는 걸 보았다. 가끔 쇼의 출연자들을 어떻게 구해 오는지 궁금했던 적이 있었다. 에디는 그들이 저마다 슬픈 사연을 지니고 있다는 생각이 들었다.

"서커스단에서는 이름을 여러 개 지어 줬지. '북극에서 온 파란 사내', '알제리에서 온 파란 사내', '뉴질랜드에서 온 파란 사내'. 물론 그런 곳에는 가 본 적이 없었지만, 광고판에는 이국적으로 쓰는 게 그럴듯했으니까. '쇼'는 간단했어. 사람들이 지나갈 때 웃통을 벗고 무대에 앉아 있으면, 호객꾼이 내가 얼마나 불쌍한 사람인지 떠들어 댔지. 그러면 동전 몇 푼을 얻을 수 있었어. 지배인은 자기가 데리고 있는 출연자 중 내가 '왕괴물'이라고 하더군. 슬픈 이야기 같지만 난 그런 사실이 자랑스러웠어. 버림받은 사람에게는 남이 던지는 돌조차 관심으로 여겨지는 법이니까.

어느 겨울날, 난 이곳 루비 가든에 오게 되었어. '호기심 많은 사람들'이라는 쇼에 출연했지. 복잡한 서커스 마차를 타고 유랑하지 않고 한곳에 머무른다는 게 좋았어. 여기가 내 집이 되었지. 난 소시지 가게 위층 방에서 살았다네. 밤이면 다른 쇼의 출연자들이랑 카드 판을 벌였지. 양철공들도 끼었고, 가끔 자네 아버지도 판에 끼었지. 이른 아침에는 해변을 산책할 수도 있었어. 긴 셔츠를 입고 머리에 타월을 늘어뜨리면 사람들이 무서워하지 않았지. 별것 아닌 일인데 뭘 그러냐고 하겠지만, 내게는 맛보지 못한 자유였지."

그는 입을 다물고 에디를 쳐다봤다. 그리고 말했다.

"알겠나? 왜 우리가 여기 있는지? 여긴 자네의 천국이 아니야. 나의 천국이지."

한 이야기를 두 가지 각도에서 들어 보자.

1920년대 후반, 7월의 비 내리는 일요일 아침. 에디는 친구들과 작년에 생일 선물로 받은 야구공으로 공놀이를 하며 놀고 있었다. 한 친구가 던진 공이 에디의 머리 위를 지나서 길가로 날아갔다. 누런 바지를 입고 니트 모자를 쓴 에디는 공을 쫓느라 자동차가 오는 것도 모르고 길 가운데로 뛰어들었다. 포드 모델 A가 달려오다가 끼익 소리를 내면서 방향을 틀어 간신히 에디를 피했다. 에디는 움찔했지만 한 번 숨을 내쉬고는 공을 집어서 친구들에게 달려갔다. 공놀이는 곧 끝났다. 아이들은 다시 근처의 아케이드로 몰려갔다. 동전을 넣으면 집게로 장난감을 집어 올릴 수 있는 게임을 하기 위해서였다.

이제 같은 이야기를 다른 각도에서 살펴보자.

어떤 남자가 포드 모델 A를 몰고 있었다. 운전 연습을 하려고 친구에게 빌린 차였다. 아침부터 비가 내려 길이 꽤 미끄러웠다. 갑자기 야구공이 길 앞으로 굴러 오더니 한 꼬마가 공을 집으러 달려들었다. 운전자는 급브레이크를 밟고 운전대를 휙 돌렸다. 차가 미끄러지면서 타이어가 끼익 소리를 냈다.

잠시 후 남자가 정신을 차리고 보니 차는 계속 굴러가고 있었다. 뒷거울로 보니 아이는 사라졌다. 하지만 하마터면 큰일 날 뻔했다는 생각이 들어서 남자의 몸은 아직도 뻣뻣했다. 아드레날린이 솟구쳐서 심장은 방망이질을 하고 있었다. 남자는 원래 심장이 강한 편도 아니어서 이런 일을 겪자 힘이 쭉 빠지는 것 같았다. 현기증이 일어서 순간적으로 고개를 숙였다. 그 바람에 이번에는 다른 차와 충돌할 뻔했다. 상대 운전자는 급하게 브레이크 페달을 밟았다. 차는 큰길에서 쭉 미끄러지다가 골목길로 접어들었다. 남자가 몰던 포드 모델 A는 골목으로 미끄러져서 주차된 트럭 뒤꽁무니에 부딪혔다. 이마에서 피가 흘렀다. 그는 차에서 내려서 차가 얼마나 부서졌는지 살펴본 다음, 젖은 아스팔트 도로 위로 쓰러졌다. 팔이 욱신거렸고 가슴에는 쥐어뜯기는 듯한 통증이 느껴졌다. 일요일 아침이라 골목에는 인적이 한산했고, 차에 기대어 쓰러져 있는 그를 본 사람은 아무도 없었다. 잠시 후 피는 더 이상 남자의 심장으로 흘러 들어가지 않았다. 한 시간 후 경찰이 그를 발견했고, 검시관은 그가 죽었다는 진단을 내렸다. 사인은 심장마비였다. 남자는 친척이 없는 무연고자였다.

한 가지 이야기를 두 가지 각도에서 보자. 같은 날 같은 시간에 일어난 일이지만, 이쪽에서 보면 행복하게 끝나는 이야기였다. 누런 바지를 입은 아이는 아케이드로 가서 게임기에 돈을 넣으며 즐거워했다. 반면 저쪽에서 보면, 파란 피부를 가진 한 남자의 슬픈 죽음 이야기였다. 검시소 직원은 놀란 얼굴로 방금 들어온 시체의 피부가 파랗다는 이야기를 동료에게 전했다.

파란 사내가 자기 입장에서 본 이야기를 말하고 물었다.
"누군지 알겠나? 그때 그 꼬마?"
에디는 몸을 부르르 떨었다.
"이럴 수가……"
그가 할 말을 잃은 듯 나직이 중얼거렸다.

처음 본 장례식

 여덟 살이 되던 날. 에디는 화가 나서 팔짱을 끼고 소파 끝에 앉아 있었다. 어머니는 발치에 앉아서 에디의 구두끈을 매 주고 있었다. 아버지는 거울 앞에서 넥타이를 고쳐 맸다.

 에디가 투정을 부리며 말했다.

 "난 가기 싫단 말이야."

 "알아. 하지만 꼭 가야 한단다. 슬픈 일은 함께 나누어야 하는 법이야."

 엄마가 고개도 들지 않고 대꾸했다.

 "하지만 오늘은 내 생일이잖아."

 에디는 트럭을 만드는 중이었다. 장난감을 조립하는 재주가 뛰어난 에디는 트럭을 완성해서 생일 파티에 온 친구들에게 으스대고 싶었다. 그런데 가족 모두 어디론가 가야 한다고 서둘러 옷을 차려입고 있는 것이다. 어쩐지 불공평하다는 생각이 들었다. 에디가 장난감을 조립하고 있던 자리에는 쇠막대와 작은 고무바퀴 세 개가 놓여 있었다. 에디는 아쉽다는 듯 그쪽을 다시 한번 쳐다보고는 낡은 구두를 신었다.

　모직 바지를 입고 나비넥타이를 맨 형이 왼손에 야구 글러브를 들고 들어왔다. 형은 글러브를 바닥에 던지면서 에디의 약을 올렸다.

　"내가 신던 구두구나. 내 새 구두 어때? 폼 나지?"

　에디는 형의 물건을 물려받아 써야 하는 게 싫어 얼굴을 찌푸렸다.

　"가만히 좀 있어."

　엄마가 타박을 놓았다.

　"발 아프단 말이야."

　에디가 징징댔다.

　"그만해!"

　고함 소리에 놀라 쳐다보니, 아버지가 에디를 노려보고 있었다.

　묘지에 간 에디는 루비 가든 사람들을 잘 알아볼 수가 없었다. 평소에는 반짝이는 옷을 입고 붉은 터번을 두르는 사람들이 그날은 모두 검은 양복을 차려입었기 때문이다. 그의 아버지처럼 말이다. 여자들도 똑같은 검은 드레스를 입었고, 몇몇은 얼굴에 베일을 드리우고 있었다.

　어떤 사람이 삽으로 흙을 떠서 구덩이에 던졌다. 에디는 엄마의 손을 붙잡은 채 눈살을 찌푸리며 해를 바라보았다.

슬퍼해야 한다는 건 알고 있었지만, 마음속으로는 1부터 수를 세기 시작했다. 1,000까지 헤아릴 무렵에는 다시 생일 파티 분위기로 돌아가기를 기대하면서.

"아아. 저…… 난 몰랐소. 내 말을 믿어 줘요……. 오, 하느님. 정말 몰랐소."

에디가 애원조로 말하자 파란 사내는 고개를 끄덕였다.

"몰랐을 거야. 너무 어렸으니까."

에디는 뒤로 물러섰다. 그는 싸움이라도 할 사람처럼 등을 꼿꼿이 세웠다.

"하지만 지금이라도 죗값을 치르겠소."

"죗값?"

"내 죄를 보상해야지요. 그래서 내가 여기 와 있는 거로군? 심판을 받으려고?"

파란 사내는 빙그레 웃었다.

"아니야, 에디. 자네는 뭔가 배우기 위해 이곳에 온 거야. 나뿐 아니라 자네가 여기서 만나는 사람들은 모두 자네에게 한 가지씩을 가르쳐 줄 걸세."

에디는 믿지 못하겠다는 듯 아직도 주먹을 꽉 쥐고 있었다. 그가 다시 물었다.

"뭘 말이오?"

"우연한 행위란 없다는 것. 우리 모두 연결되어 있다는 것. 바람과 산들바람을 떼어 놓을 수 없듯이, 한 사람의 인생을 다른 사람의 인생에서 떼어 놓을 수 없다는 것을 배우게 될 걸세."

에디는 고개를 저으며 대꾸했다.

"우린 공을 던지고 있었소. 내 어리석음 때문에 나는 길에 뛰어들었고, 나 때문에 당신은 죽었소. 왜 당신이 죽어야 했단 말이오? 이건 공평치 않소."

파란 사내는 손을 내밀며 말했다.

"삶과 죽음에는 공평함이 없다네. 만약 공평하다면 착한 사람이 젊어서 죽는 일이 없겠지."

그가 손바닥을 위로 올리자 갑자기 그들은 무덤 앞에 서 있었다. 앞에는 조문객들이 있었고 목사가 무덤 옆에서 성경을 읽고 있었다. 에디는 사람들의 얼굴을 볼 수 없었다. 다만 모자를 쓴 뒤통수, 그리고 드레스와 정장 상의를 걸친 뒷모습만 볼 수 있었다.

파란 사내가 말했다.

"내 장례식이지. 조문객들을 보게. 나를 알지 못하는 사람들도 참석했어. 왜일까? 궁금했을까? 왜 사람들은 남이 죽으면 모이는 걸까? 왜 그래야 한다고 생각할까? 모든 삶이 서로 엮여 있다는 걸 영혼 깊이 느끼고 있기 때문이지. 죽음은 그저 어떤 사람을 데려가는 게 아니라, 다른 사람 옆을 슬쩍 비껴간다는 걸 알기 때문이야. 가까운 거리에 있는 두 사람 중 한 사람은 죽음이 데려가고, 다른 사람은 옆을 비껴가지. 둘의 생사가 엇갈리는 거야.

자넨 나 대신 자네가 죽었어야 했다고 말하고 있어. 하지만 내가 지상에서 살 때, 다른 사람들도 나 대신 죽었네. 매일 그런 일이 일어나지. 그 자리를 벗어나자마자 번개가 내리치기도 하고, 막 탑승 시간을 놓친 비행기가 추락하기도 하지. 우린 그런 일들이 우연히 일어난다고 생각하지. 하지만 모든 것은 균형을 이루는 걸세. 하나가 시들면 다른 하나는 자라나지. 태어나고 죽는 것이 전체의 일부분이고. 우리가 아기에게 끌리는 것도 그 때문이지……."

파란 사내는 조문객들에게 고개를 돌리며 덧붙였다.

"또 장례식에도."

에디는 다시 묘지에 모인 사람들을 쳐다봤다. 자신의 장례식도 열렸는지 궁금했다. 장례식에 와 준 사람이 있을까? 목사가 성경을 읽는 동안 조문객들은 고개를 숙였다. 이날은 오래전, 파란 사내가 묻히던 날이었다. 에디는 그곳에 있었다. 어린 소년 에디는 자기가 어떤 역할을 했는지도 모르고 식이 끝날 때까지 숫자를 세며 몸을 배배 꼬고 있었다.

"아직도 이해가 안 가오. 당신의 죽음에서 좋은 게 뭐가 있었소?"

에디가 묻자 파란 사내가 대답했다.

"자네가 살았지."

"하지만 우린 전혀 알지 못했소. 낯선 사람이라고 할 정도로 서로 모르는 사이였소."

파란 사내가 에디의 어깨에 팔을 얹자 따스하게 녹아드는 느낌이 전해졌다. 파란 사내가 말했다.

"타인이란 아직 미처 만나지 못한 가족일 뿐이라네."

말을 마친 파란 사내가 에디를 끌어당겼다. 순간 사내가 살면서 느낀 모든 감정이 에디에게 밀려들었다. 그 감정이 그의 몸속에 헤엄쳐 다녔다. 외로움, 수치심, 긴장감, 심장마비. 그 모든 감정이 서랍이 닫히는 것처럼 에디 안으로 쑥 들어왔다.

파란 사내가 귀에 대고 속삭였다.

"난 떠나네. 내게 천국의 2단계는 끝났네. 하지만 자네는 만날 사람들이 더 있지."

에디가 그를 잡으며 말했다.

"잠깐만. 한 가지만 말해 주시오. 내가 루비 가든에서 그 여자애를 구했소? 내가 아이를 구했소?"

파란 사내는 대답하지 않았고, 에디는 털썩 주저앉았다.

"그렇다면 내 죽음은 낭비로군. 내 인생살이처럼."

파란 사내가 말했다.

"낭비된 인생이란 없네. 우리가 낭비하는 시간이란 외롭다고 생각하며 보내는 시간뿐이지."

그가 묘지 쪽으로 물러서며 빙긋 웃었다. 그러자 그의 피부가 흠 하나 없는 캐러멜 색으로 변했다. 에디는 그렇게 보기 좋은 얼굴빛은 처음 봤다고 생각했다.

"잠깐만!"

에디가 소리쳤지만 그는 갑자기 공중으로 올라갔다. 그는 무덤에서 멀어져 잿빛 바다 위로 솟아올랐다. 아래에 루비 가든의 지붕이 보였다. 뾰족탑이며 작은 탑들. 깃발이 산들바람에 휘날리고 있었다.

그러다가 이내 사라져 버렸다.

일요일 오후 3시

 루비 가든. 부서진 프레디 낙하 더미 주위에 사람들이 말없이 서 있었다. 늙은 부인네들은 손으로 목을 매만졌고 어머니들은 아이들을 감싸 안았다. 민소매 셔츠를 입은 몸집이 큰 사내들 몇이 앞쪽으로 나왔다. 손을 쓸 기세였지만, 일단 현장을 보자 그들 역시 어쩌지 못하고 물끄러미 바라보기만 했다. 뙤약볕이 내리쬐고 그들은 줄어들었다. 사람들은 경례라도 하듯 손을 이마에 대고 해를 가렸다.

 얼마나 많이 다쳤나요? 죽었나요? 구경꾼들이 소곤댔다. 뒤쪽에서 도밍게즈가 헐레벌떡 달려왔다. 그의 셔츠는 땀으로 흠뻑 젖어 있었다. 그는 얼굴이 벌게진 채 끔찍한 사고 현장을 바라보았다.

 "아, 안 돼요. 에디, 안 돼요."

 그가 머리를 움켜쥐며 탄식하는 사이, 안전요원들이 도착했다. 그들은 사람들을 뒤로 물러나게 하고 손을 써 보려 했다. 하지만 그들 역시 어쩌지 못하고 구급차가 오기만을 기다렸다. 공원에 모인 모든 사람들은 너무나 놀란 나머지 똑바로 쳐다보지도 못했고, 겁에 질려서 그 자리를 떠나지도 못했다. 공원의 스피커에선 축제 분위기를 알리는 노래가 흘러나왔지만, 죽음이 그들의 발치에 있었다.

  이보다 더 끔찍할 수 있을까? 사이렌이 울렸다. 제복 차림의 남자들이 도착했다. 그들은 사고 현장 부근에 노란 테이프를 둘렀다. 공원의 상점은 문을 닫았고 놀이기구는 운행을 멈췄다. 해변에는 나쁜 일이 생겼다는 소문이 퍼졌고, 해질녘이 되자 루비 가든은 텅 비었다.

생일날의 춤

문이 닫혀 있는데도 음식 냄새가 침실까지 올라왔다. 어머니가 피망과 붉은 양파를 곁들여 비프스테이크를 굽는 냄새였다. 에디는 언제나 톡 쏘는 이 냄새가 좋았다.
"에-디! 어디 있니? 모두 모였단다!"
어머니가 부엌에서 소리쳤다. 에디는 서둘러 침대에서 내려와 만화책을 치웠다.

오늘은 에디의 열일곱 번째 생일이었다. 만화책을 볼 나이는 아니지만, 에디는 아직도 만화가 좋았다. 영웅들이 악당과 싸우고 세상을 구해 낸다는 줄거리가 늘 맘에 들었다. 에디는 몇 달 전 루마니아에서 미국으로 온 사촌들에게 만화책을 선물해 주었다. 에디의 가족은 부두로 마중을 나갔고 친척들은 에디와 조가 쓰던 방에 묵었다. 사촌들은 영어를 못했지만 만화책은 좋아했다. 어쨌든 그 덕분에 에디는 만화책을 계속 볼 수 있었다.
"생일을 맞은 주인공이 오네."
에디가 들어가자 어머니가 말했다.

에디는 옷깃에 단추가 달린 흰 셔츠를 입고, 목에는 파란 타이를 매고 나타났다. 그가 인사를 하자 파티에 참석한 사람들과 가족, 친척, 루비 가든 직원들이 맥주잔을 들어 건배를 했다. 아버지는 구석에서 카드 판을 벌여 놓고 시거를 피웠다.

그때 형 조가 소리쳤다.

"엄마. 무슨 일이 있었는지 아세요? 에디가 어젯밤에 여자를 만났대요!"

에디는 피가 거꾸로 도는 것 같았다.

"그 여자애랑 결혼할 거래요."

"입 다물지 못해!"

에디가 형에게 쏘아붙였지만 조는 못 들은 척했다.

"눈을 희번덕거리며 방에 들어와서는 '형, 나 결혼할 여자를 만났어!'라고 말하더라고요."

에디가 다시 소리쳤다.

"입 다물랬잖아!"

"여자애 이름이 뭐니, 에디?"

누군가 물었다.

"교회에 다니는 애냐?"

에디는 형에게 가서 팔을 내질렀다.

"으윽!"

"에디!"

"입 닥치랬잖아!"

"그 여자애랑 춤도……."

퍽.

"윽!"

"닥쳐!"

"에디! 그만해라!"

사촌들도 싸움이 벌어진 걸 알아채고 고개를 들었다. 조와 에디는 계속 옥신각신하더니 마침내 주먹까지 휘두를 태세였다. 결국 에디의 아버지가 시거를 비벼 끄며 소리를 질렀다.

"둘 다 얻어터지기 전에 그만두지 못해?"

형제는 씨근대며 서로를 노려보았다. 나이 든 친척들은 빙그레 웃었고 숙모가 나직이 한마디 했다.

"에디가 그 아가씨를 진짜 좋아하는구나."

생일 파티는 끝났고 손님들은 모두 집으로 돌아갔다. 어머니가 라디오를 켜자, 유럽에서 벌어지고 있는 전쟁 소식이 흘러나왔다. 아버지는 혀를 차면서 상황이 악화되면 목재와 구리선을 구하기 어려울 거라고 말했다. 놀이기구 보수도 하지 못하게 될 거라는 이야기도 덧붙였다. 어머니가 조용히 말을 받았다.

"생일에는 안 어울리는 나쁜 소식이네요."

어머니는 음악이 나오는 채널을 찾아 다이얼을 돌렸다. 오케스트라가 스윙 음악을 연주하고 있었다. 어머니는 미소를 지으며 콧노래로 멜로디를 따라 했다. 그러더니 에디에게로 다가섰다. 에디는 의자에 기대앉아 마지막 남은 케이크를 꾹꾹 찌르고 있었다. 어머니가 앞치마를 벗어서 의자 위에 걸쳤다. 에디는 조마조마한 마음이 되었다.

마침내 어머니가 에디의 손을 잡아 일으키며 말했다.

"새 친구랑 어떻게 춤췄는지 엄마한테 보여 줄 수 있니?"

"에이, 엄마."

"해 보렴, 어서."

에디가 처형식에 가는 사람처럼 일어나자 조가 히죽히죽 웃었다. 하지만 어머니가 계속 콧노래를 부르며 앞뒤로 스텝을 밟자 에디도 함께 춤을 추기 시작했다.

"랄라라…… 당신과 함께 있으면……, 랄라라…… 별도…… 달도……, 랄라라…… 6월의……."

어머니와 아들은 거실을 누볐고, 마침내 에디는 마음을 풀고 활짝 웃기 시작했다. 벌써 키가 어머니보다 한 뼘은 더 컸지만 어머니는 아들을 자연스럽게 리드했다.

어머니가 속삭였다.

"그래, 그 여자애가 맘에 드니?"

에디가 스텝을 놓쳤다.

"괜찮아. 네가 좋아한다니까 엄마도 행복하구나."

두 사람은 계속 테이블 주위를 돌았고, 어머니는 이제 큰아들 조의 손을 잡아당겼다.

"이제 둘이 추렴."

"형이랑요?"

"엄마!"

조와 에디는 어쩔 수 없이 웃으면서 춤을 추기 시작했다. 손을 맞잡고 움직이다가 요란스럽게 빙빙 원을 돌았다. 둘이 테이블 주변을 획획 도는 것을 보자 어머니는 마음이 흐뭇해졌다. 라디오에서는 클라리넷이 멜로디를 연주했고, 루마니아에서 온 사촌들은 음악에 맞춰 손뼉을 쳤다. 흥겨운 파티 분위기 속에서 스테이크를 구운 냄새가 여전히 맴돌고 있었다.

두 번째 만남

희생의 장

 에디는 발이 땅에 닿는 것을 느꼈다. 하늘은 다시 코발트색에서 회색으로 변했고, 주변에는 쓰러진 나무와 시커멓게 쌓인 돌무더기가 보였다. 에디는 팔과 어깨, 허벅지, 장딴지를 꽉 쥐었다. 전보다 강해진 것 같았지만 발가락을 건드려 보니 아까처럼 잘 되지 않았다. 이제는 팔다리가 유연하지 않을뿐더러 몸의 근육이 죄다 피아노 줄처럼 뻣뻣했다.

 주변을 둘러보니 가까운 언덕에 부서진 트럭이 방치되어 있었고 동물의 뼈가 썩어 가고 있었다. 에디는 얼굴에 뜨거운 바람이 훅 지나가는 것을 느꼈다. 그러자 하늘이 노란색으로 활활 타올랐다.

그는 다시 뛰었다.

이제는 뜀박질이 달랐다. 군인처럼 규칙적인 동작이었다. 천둥소리가 들리자 에디는 본능적으로 바닥에 엎드렸다. 배를 땅에 대고 팔을 써서 가까스로 기어갔다. 하늘이 뻥 뚫리더니 갈색 빗줄기가 주룩주룩 쏟아졌다. 에디는 입가에 모이는 흙탕물을 뱉으면서 머리를 숙이고 진흙탕 속을 느릿느릿 기었다.

마침내 머리가 단단한 곳에 닿는 느낌이 들었다. 고개를 드니 소총이 땅에 박혀 있고, 그 위에 철모와 군번표가 걸려 있는 게 보였다. 빗속에서 눈을 깜빡이며 군번표를 꺼내 들고 수숫대를 엮어 만든 벽 속으로 기어가 무릎을 끌어당기고 앉았다. 숨을 쉬려고 애썼지만 잘 되지 않았고 두려움이 밀려왔다. 이곳은 천국인데…….

군번표에는 그의 이름이 적혀 있었다.

젊은이들은 전쟁터에 나간다. 꼭 가야 해서 그렇기도 하고 본인이 원해서 참전하기도 한다. 그들은 때때로 전쟁에 반드시 가야 할 것처럼 느낀다. 주먹을 들면 용기 있고 꼬리를 감추면 겁쟁이라는 식의 슬픈 이야기를 수백 년 동안 들어 왔기 때문이리라.

어느 비 내리는 날 아침, 에디는 미국이 새롭게 뛰어든 전쟁에 자원했다. 그는 다른 사람들처럼 싸우고 싶었다. 어머니는 그가 참전하는 걸 기꺼워하지 않았고, 아버지는 소식을 듣자 담배에 불을 붙이더니 천천히 연기를 뿜어냈다.

"언제 가냐?"

아버지가 물은 말은 그게 전부였다.

에디는 진짜 총을 쏴 본 적이 없어서, 루비 가든의 사격장에서 총 쏘는 연습을 시작했다. 5센트짜리 동전을 넣으면 기계음이 들렸고, 방아쇠를 당겨 사자나 기린 같은 동물 사진을 맞혔다. 미니 기차의 브레이크 레버를 조정하는 일이 끝나면 매일 저녁 사격장으로 갔다. 루비 가든에는 새로운 놀이기구가 많이 들어왔지만 대부분 규모가 작았다. 대공황 이후 롤러코스터 가동 비용이 많이 들었기 때문에 탈것은 주로 성인 남성의 허벅지보다 낮은 기차가 대부분이었다.

군에 자원하기 전, 에디는 목표를 세우고 기계공학을 공부할 학비를 모으고 있었다. 형 조는 계속 "주제 파악 좀 하시지. 그 머리로 뭘 하겠다고."라고 놀렸지만, 그는 뭔가를 만들고 싶었다. 그러나 전쟁은 모든 걸 바꿔 놓았다. 전쟁이 터지자 루비 가든은 급속히 경기가 나빠졌다. 남자들은 전쟁에 나가고 엄마 혼자 아이들을 데려오는 경우가 대부분이었다. 때로 아이들은 에디에게 목말을 태워 달라고 했다. 그가 부탁을 들어주면, 아이의 엄마들은 슬픈 미소를 지었다. 목말을 태워 주는 것까지는 괜찮았지만, 어쨌든 에디는 아이 아버지는 아니었던 것이다. 에디 역시 자신이 멀리 있는 그 사내들 속에 속하게 되리란 것을 알았다. 미니 기차의 트랙에 기름을 칠하고 브레이크 레버를 조종하던 생활은 끝나리라. 전쟁은 그가 남자임을 확인시켜 줄 공간이었다. 어쩌면 누군가 그를 그리워할지도 몰랐다.

입대하기 며칠 전, 에디는 사격장에서 총을 겨누는 데 집중했다. 탕! 탕! 실제로 적을 쏜다는 상상을 해 보려 애썼다. 탕! 그가 총을 쏘면 상대는 비명을 지를까? 탕! 아니면 사자나 기린처럼 그냥 쓰러질까? 탕! 탕!

"죽이는 연습을 하는 거냐?"

미키 셰이가 뒤에 서 있었다. 머리카락이 바닐라 아이스크림 색깔인 미키 아저씨는 땀을 줄줄 흘렸고, 뭘 마셨는지 얼굴이 벌겠다. 에디는 어깨를 으쓱하며 다시 총을 쐈다. 탕! 다시 한 번. 탕! 또 한 번.

"음."

미키 아저씨는 신음을 내뱉었다. 에디는 술 취한 미키가 그만 가 주기를 바랐다. 미키가 씨근덕거리는 숨소리와 콧

바람 소리, 마치 펌프로 자전거 타이어에 바람을 넣는 것 같은 소리가 들려와 에디는 집중할 수가 없었다.

에디는 계속 총을 쐈다. 갑자기 미키가 에디의 어깨를 쥐며 낮은 목소리로 중얼거렸다.

"내 말을 잘 들어라, 에디. 전쟁은 게임이 아니야. 총을 쏴야 한다면 제대로 쏴야 해, 알겠니? 죄책감을 느끼지 말고 주저하지도 마라. 총을 쏘면서 누구를 쏘고 있는지, 누구를 죽이고 있는지, 왜 그러는지 생각하면 안 된다. 알겠니? 집에 돌아오고 싶다면, 그냥 총을 쏴, 다른 생각 하지 말고."

그가 에디의 어깨를 더 힘껏 쥐었다.

"바로 그런 생각들이 사람을 죽게 한다고."

에디가 몸을 돌려 미키를 바라보는 순간 미키가 뺨을 세게 때렸다. 에디는 본능적으로 반격하기 위해 주먹을 불끈 쥐었다. 하지만 미키는 트림을 하더니 흔들흔들 물러섰다. 그러더니 울음이라도 터뜨릴 듯한 얼굴로 물끄러미 에디를 바라봤다. 기관총에서 웅 소리가 멎었다. 에디는 동전이 다 떨어졌다.

젊은이들은 전쟁터에 간다. 때로는 꼭 가야 해서, 때로는 본인이 원해서. 며칠 후 에디는 천으로 된 가방을 챙겨서 루비 가든을 떠났다.

비가 멎었다. 에디는 젖은 몸을 떨면서 수숫대 발치에서 긴 숨을 내쉬었다. 줄기를 벌리니 아직도 땅에 박혀 있는 소총과 철모가 보였다. 왜 병사들이 이렇게 하는지 기억났다. 그것은 그들의 시신이 묻혔다는 표시였다.

에디는 무릎으로 기어 나갔다. 멀리 작은 산마루 밑에 마을이 보였다. 마을이라고 해 봐야 폭격을 맞은 데다 불에 타서 돌무더기에 불과했다. 잠시 입을 약간 벌리고 바라보니, 그 광경이 더 분명히 보였고, 바로 그때 나쁜 소식을 들은 사람처럼 가슴이 조여 왔다. 바로 여기. 그가 아는 장소였다. 꿈에 나오던 그곳.

"천연두!"

갑자기 누군가 말했다. 에디는 몸을 홱 돌렸다.

"천연두, 장티푸스, 파상풍, 황열병."

옆에 서 있는 나무 위쪽에서 들려오는 소리였다.

"황열병이 뭔지는 알아내지 못했지. 빌어먹을. 그 병을 앓는 놈을 만나지 못했거든."

강한 억양. 남부 출신인 듯 약간 질질 끄는 데다, 몇 시간 넘게 소리를 지른 사람처럼 걸걸한 말투였다.

"그런 병에 대비해 주사를 다 맞았는데, 난 여기서 죽었지. 말처럼 건강한 몸으로 말이야."

나무가 흔들리더니 작은 열매가 에디 앞에 떨어졌다.

"사과를 좋아하나?"

에디는 고개를 들고 헛기침을 했다.

"나와."

그가 말했다.

"올라오라고."

상대가 말하자마자 에디는 나무 꼭대기 가까이 올라서 있었다. 웬만한 건물만큼 큰 나무였다. 에디가 큰 가지에 양다리를 벌리고 걸터앉자 아래쪽 땅이 아주 멀리 보였다. 그는 작은 가지와 나뭇잎 사이로 군용 작업복을 입은 사내의 그림자를 알아볼 수 있었다. 사내는 큰 가지에 등을 기대고 앉아 있었다. 얼굴은 숯검정투성이였고, 눈은 작은 전구처럼 벌겠다.

에디는 침을 꿀꺽 삼켰다.

"대위님? 대위님이세요?"

그들은 같은 부대 소속이었고 대위는 에디의 직속상관이었다. 그들은 필리핀에서 싸웠는데, 그곳에서 헤어진 뒤 다시는 만나지 못했다. 대위가 전사했다는 소식을 듣기는 했다.

담배 연기가 피어올랐다.

"이곳의 규칙을 설명해 주던가, 병사?"

에디는 아래를 내려다봤다. 저 아래 땅이 보였지만, 떨어지지 않는다는 걸 알고 있었다.

"저는 죽었습니다."

에디가 말했다.

"맞아."

"그리고 대위님도 죽었지요."

"그것도 맞는 말이지."

"그럼 대위님이…… 제 두 번째 사람인가요?"

대위는 담배를 손에 들었다. '이 위에서도 담배를 피우다니 믿을 수 있나?'라고 말하는 것처럼 씩 웃었다. 그리고 담배를 한 모금 길게 빨더니 흰 구름 같은 연기를 내뱉었다.

"날 만날 줄은 몰랐겠지?"

에디는 전쟁터에서 많은 걸 배웠다. 탱크 꼭대기에 앉아 있는 법도 배웠고, 철모에 찬물을 받아서 면도하는 법도 배웠다. 참호에서 사격을 할 때는 포탄이 나무에 맞아서 그 파편에 부상당하는 경우가 많으므로 조심해야 된다는 것도 배웠다. 또 담배도, 행군도 배웠다. 군용 점퍼와 무전기기, 카빈 소총, 방독면, 기관총용 삼각대, 배낭, 탄약대 몇 개를 한꺼번에 어깨에 메고 로프로 엮은 다리를 건너는 법도 배웠다. 걸레 빤 물 같은 커피를 마시는 법도 배웠다.

외국어도 몇 마디 배웠고, 침을 멀리 뱉는 법도 배웠다. 첫 전투에서 살아 돌아오면 초조한 환호성을 지르고, 병사들끼리 툭툭 치면서 모든 게 끝났다는 듯이 미소를 짓는 법도 배웠다. '아! 이제는 집에 갈 수 있구나.' 하는 안도감 어린 미소였다. 또 두 번째 전투를 치른 병사는 이것으로 끝이 아니라 앞으로도 전투가 계속된다는 사실을 깨닫고 절망감에 빠진다는 것도 배웠다.

휘파람 부는 법, 돌이 울퉁불퉁 솟은 바다에서 자는 법도 배웠다. 더러운 옷을 일주일쯤 계속 입고 있으면 진드기가 살을 파고들어 가렵다는 것도 배웠다. 사람 뼈가 살갗을 뚫고 나오면 진짜 하얗게 보인다는 것도 배웠다.

재빨리 기도하는 법도 배웠다. 동료 병사들이 자신의 시신을 발견할 경우를 대비해 어떤 주머니에 가족과 마거릿에게 보내는 편지를 넣어 둬야 하는지도 배웠다.

1년이 2년이 되고, 2년이 3년이 되면서, 수송기에서 내리려 할 때는 아무리 강한 근육질의 사내도 신발에 토사물을 쏟는다는 걸 배웠다. 장교들도 전투 전날 밤에는 잠꼬대를 한다는 것도 배웠다.

포로가 되는 법은 배운 적이 없지만, 어떻게 포로를 잡아야 하는지는 배웠다. 그러던 어느 날 밤. 필리핀 제도에서 그의 부대가 집중 포화를 맞았다. 모두 은신처를 찾아 흩어졌고, 하늘은 불이 붙은 듯 환했다. 에디는 도랑에서 동료가 아이처럼 훌쩍대는 소리를 들었다. "입 다물어!"라고 소리쳤는데, 적군이 총을 동료의 머리에 겨누고 서 있기 때문에 그가 울었다는 사실을 깨달았다. 에디의 목덜미에 찬 기운이 느껴졌다. 그의 등 뒤에도 적군이 있었다.

대위는 담배를 비벼 껐다. 그는 다른 부대원들보다 나이가 많았다. 그는 늘씬한 몸매에 두드러진 턱이 돋보이는 직업군인이었는데, 그 시절의 배우와 비슷할 정도로 용모가 빼어났다. 병사들은 대위를 좋아했다. 성질이 급하고, 얼굴에 대고 소리를 질러 대는 바람에, 담배 때문에 누렇게 된 이가 훤히 보이는데도 잘 따랐다. 대위는 어떤 일이 있어도 부대원을 남겨 두고 떠나지 않겠다고 장담했고, 병사들은 그 약속에서 위안을 얻었다.

"대위님."

에디가 여전히 굳은 몸으로 입을 열었다.

"맞네."

"충성."

"그럴 필요 없어. 하지만 고맙군."

"오랜만입니다. 대위님 모습이……."

"왜? 마지막에 봤을 때랑 같아서?"

대위는 씩 웃더니 나뭇가지 너머로 침을 뱉었다. 그는 에디가 당황하는 표정을 보고 말했다.

"맞아. 여기선 침을 뱉을 이유가 없지. 병도 들지 않아. 숨소리는 언제나 똑같고. 짬밥도 믿기 어려울 정도고."

짬밥? 에디는 이런 것들이 이해되지 않았다. 이곳이 천국일까?

"대위님, 보십쇼. 뭔가 잘못되었습니다. 아직도 제가 왜 여기에 있는지 모르겠습니다. 저는 하찮은 인생을 살았습니다. 아시겠어요? 줄곧 같은 아파트에서만 살았을 뿐 아니라 놀이공원에서 놀이기구를 보수하는 정비공이었습니다. 페리스 회전 바퀴나 롤러코스터, 회전목마 같은 놀이기구를 관리했지요. 자랑스러워할 만한 게 하나도 없습니다. 그냥 되는대로 지낸 셈이지요. 제 말은……"

에디는 침을 꿀꺽 삼키고 덧붙였다.

"제가 여기서 뭘 하고 있는 겁니까?"

대위가 뻘건 눈으로 자신을 바라보자 에디는 처음 파란 사내를 만나서 궁금했던 질문을 차마 던지지 못했다. 대위도 자기 때문에 죽었을까?

대위가 턱을 쓱쓱 문지르며 대답했다.

"나는 늘 궁금했다네. 우리 부대원들이 계속 연락을 했나? 윌링햄은? 모턴은? 스미티는? 그들을 만난 적이 있나?"

에디는 그 이름들을 기억해 냈다. 사실 그들과는 연락을 주고받지 않았다. 전쟁은 그들을 자석처럼 달라붙게 해 주었지만 자석처럼 떼어 놓기도 했다. 그들이 본 것들, 그들이 한 짓들. 그것들을 그냥 잊고 지내고 싶었다.

에디는 어깨를 으쓱하며 말했다.

"저희는 모두 흩어졌습니다."

대위는 그럴 줄 알았다는 듯 고개를 끄덕였다.

"그럼 자네는? 자네는 놀이공원으로 돌아갔나? 살아서 돌아가면 다들 찾아가겠다고 약속하지 않았나? 자네가 놀이기구를 공짜로 태워 주겠다고 해서 말일세. '사랑의 터널'에는 남자 하나에 여자 둘씩을 넣어 주겠다고 했잖아. 자네가 그렇게 말하지 않았던가?"

에디는 씨익 웃었다. 그렇게 말한 적이 있었고, 그들은 그런 대화를 많이 나눴다. 하지만 전쟁이 끝나자 아무도 찾아오지 않았다.

"그래요. 저는 놀이공원으로 돌아갔습니다."

"그리고?"

"그리고…… 계속 거기 머물렀습니다. 떠나려고 노력도 해 보고 계획도 세워 봤지요……. 한데 이놈의 다리 때문에……. 모르겠습니다. 일이 제대로 풀리지 않더군요."

에디가 어깨를 으쓱하자 대위가 그의 얼굴을 찬찬히 살폈다. 그는 눈을 가늘게 뜨고 낮은 목소리로 물었다.

"자네, 아직도 저글링 곡예를 하나?"

"가!…… 너, 가!…… 너, 가!"

적군은 소리를 지르면서 단검으로 그들을 쿡쿡 찔렀다. 에디, 스미티, 모턴, 라보조, 대위는 손을 머리에 올리고 가파른 언덕을 떼밀려 내려갔다. 주위에서 박격포가 터졌다. 에디는 나무 사이에서 한 사람이 달려가다가 총소리와 함께 쓰러지는 걸 봤다.

에디는 어둠 속을 걸어가면서 오두막집이든 길이든, 눈에 띄는 주위 풍경은 뭐든 머리에 담으려 애썼다. 지형을 알면 달아날 때 도움이 될 것이다. 멀리서 비행기 소리가 나자 불쑥 시큰한 절망감이 밀려들었다. 포로가 된 병사들은 자유가 가까이 있을 때 더더욱 견디기 힘든 내적 고문을 당한다. 에디는 펄쩍 뛰어서 그 비행기의 날개를 잡으면, 포로 신분에서 벗어나 멀리 날아갈 수 있을 것만 같았다.

하지만 그와 동료들은 팔목과 발목이 묶여 있었고, 진흙 바닥 위에 지어 놓은 대나무 막사에 갇혀 있었다. 며칠,

몇 주, 몇 달. 그들은 그곳에 갇힌 채 짚으로 채운 삼베자루에서 자야 했다. 흙으로 구운 단지가 그들의 변기였다. 밤이면 적군 경비병들이 살그머니 들어와서 그들의 대화를 엿들었지만, 시간이 흐르면서 말수도 점점 줄어들었다.

에디와 동료들은 점점 마르고 약해졌다. 다들 갈비뼈가 앙상하게 드러났다. 입대할 때만 해도 체격 좋은 청년이었던 라보조까지도 하루가 다르게 말라 갔다. 하루에 한 번씩 소금을 넣은 주먹밥과 풀이 둥둥 떠다니는 누런 국을 먹는 게 전부였다. 어느 날 밤, 에디는 그릇에서 날개가 없는 죽은 호박벌을 건져냈다. 다른 동료들은 더 이상 밥을 먹지 못했다.

적군은 그들을 포로로 잡았지만 어떻게 해야 좋을지 모르는 눈치였다. 저녁이면 총검을 들고 들어와서, 미국 병사들의 코에 칼날을 들이대면서 낯선 언어로 소리를 질렀다. 그러나 그들은 아무런 대답도 듣지 못했다.

에디가 보기에 적군은 겨우 넷이었다. 대위는 그들도 큰 부대에서 떨어져 나와서 하루하루 버티고 있다고 짐작했다. 전쟁터에서는 흔히 있는 일이었다. 적군들도 얼굴이 수척했다. 한 명은 어떻게 병사가 되었나 싶을 정도로 어렸다. 대위는 그들을 '미친놈 1', '미친놈 2', '미친놈 3', '미친놈 4'라고 불렀다.

"우린 놈들의 이름을 알고 싶지 않으니까. 또 놈들이 우리 이름을 아는 것도 원치 않고."

대위는 그렇게 말했다.

사람은 포로 생활에 적응하게 마련이지만, 더 잘하는 사람도 있고 못하는 사람도 있다. 시카고 출신의 깡마른 수다쟁이 모턴은 밖에서 소리가 들릴 때마다 안절부절못하면서 턱을 문지르다가 "젠장, 젠장."이라고 되뇌었다. 브루클린 출신의 소방대원 아들인 스미티는 늘 조용했는데, 뭘 삼키는지 목젖이 움직이곤 했다. 에디는 그가 혀를 씹고 있었다는 걸 나중에야 알았다. 빨간 머리칼을 가진 어린 라보조는 오리건 주 포틀랜드 출신으로, 깨어 있을 때는 무표정했지만 밤만 되면 "난 안 돼요! 난 안 돼!"라고 외치며 벌떡 일어나곤 했다.

에디는 늘 부글부글 끓어오르는 분노를 삭이느라 식식거렸다. 몇 시간이고 주먹을 불끈 쥐고 손바닥을 때려 대면 관절이 툭툭 튀어나왔다. 어릴 적 야구를 하면서 안달했던 모습과 똑같았다. 밤이면 루비 가든으로 돌아가는 꿈을 꿨다. 회전목마에서는 손님 다섯 명이 벨이 울릴 때까지 계속해서 원을 돌았다. 그는 친구나 형, 마거릿과 경주를 하고 있었다. 그러다가 꿈이 바뀌면 '미친놈' 넷이 바로 옆에 있는 목마를 타고서 그를 쿡쿡 찌르며 비웃었다.

에디는 루비 가든에서 기다림의 세월을 보내며 인내심을 훈련했다. 놀이기구가 한 바퀴 돌기를 기다리고, 파도가 물러가기를 기다리고, 아버지가 말을 걸어 주기를 기다리며⋯⋯. 하지만 그는 나가고 싶었고, 복수하고 싶었다. 이를 악물고 손바닥을 탁탁 치면서 옛날 동네에서 벌이던 싸움들을 떠올렸다. 쓰레기통 뚜껑으로 머리를 내리쳐서 두 아이를 병원에 보냈던 시절도 있었다. 적군 경비병들이 총을 갖고 있지 않았다면 어떻게 했을지 그려 보기도 했다.

그러던 어느 날 아침, 고함 소리에 잠에서 깨어 보니 총검이 번득였고, '미친놈' 넷이 그들을 깨우고 묶어 갱도로 들어가게 했다. 한 줄기 빛도 없었고 바닥은 차가웠다. 곡괭이와 삽, 양동이가 준비되어 있었다.

모턴이 말했다.

"빌어먹을⋯⋯, 석탄 광산이잖아."

그날부터 에디와 포로들은 적군이 군수물자로 쓸 석탄을 캐야 했다. 몇 명은 삽질을 하고, 몇 명은 석탄을 긁어내고, 몇 명은 슬레이트 조각을 가져와서 천장을 떠받칠 지지대를 세웠다. 그곳에는 다른 포로들도 있었지만, 모두들 외국인이어서 영어를 알아듣지도, 말하지도 못했다. 그들은 퀭한 눈으로 에디를 응시했다. 대화는 금지되어 있었다. 경비병들은 몇 시간마다 물을 한 컵씩 주었다. 하루 일과가 끝날 즈음이면 포로들의 얼굴은 시커멓게 변했고, 몸을 숙이고 일하느라 목과 어깻죽지가 쑤셨다.

포로가 되고 처음 몇 달간 에디는 마거릿의 사진을 넣은 철모를 안고 잤다. 기도는 별로 하지 않았지만, 매번 같은 기도를 올렸다. 기도문을 똑같이 해서 밤마다 숫자를 헤아렸다. '주님, 마거릿과 엿새를 함께 있게 해 주시면 이 엿새를 당신께 드리겠나이다……. 마거릿과 아흐레를 함께 있게 해 주시면 이 아흐레를 당신께 드리겠나이다……. 마거릿과 열엿새를 함께 있게 해 주시면 이 열엿새를 당신께 드리겠나이다…….'

4개월째 접어들면서 일이 터지고 말았다. 라보조는 피부에 발진이 생기더니 설사를 심하게 했다. 아무것도 먹지 못했고 밤이면 더러운 옷이 땀으로 흠뻑 젖었다. 옷에 실례를 했지만 깨끗한 옷이 없어서 삼베자루 위에서 알몸으로 잤다. 대위가 자기 자루를 라보조의 몸에 담요처럼 덮어 주었다.

다음 날 광산에 갔을 때 라보조는 서 있을 수조차 없었다. '미친놈' 넷은 동정심을 보이기는커녕, 라보조가 일을 천천히 하자 막대기로 그를 쿡쿡 찌르며 계속 석탄을 긁어내라고 윽박질렀다.

"그냥 내버려 둬."

에디가 화를 냈다.

그중 성질이 가장 더러운 '미친놈 2'가 소총 개머리판으로 에디를 후려갈겼다. 에디는 주저앉았다. 어깻죽지 사이에 얼얼한 통증이 퍼졌다. 라보조는 석탄 몇 조각을 긁다가 쓰러졌다. '미친놈 2'는 일어나라고 고함을 질러 댔다.

"아프단 말야!"

에디가 일어나려고 버둥대며 소리쳤다.

'미친놈 2'는 그를 다시 후려갈겼다.

"입 다물어, 에디. 너 자신을 위해서."

모턴이 속삭였다.

'미친놈 2'가 라보조에게 몸을 숙여 눈꺼풀을 뒤집었다. 라보조는 신음만 내뱉을 뿐이었다. '미친놈 2'는 과장된 미소를 짓더니 라보조를 아기 달래듯 얼렀다. 그리고 '아' 하더니 웃음을 터뜨렸다. 그는 다시 모두를 보고 웃으면서 포로들이 자기를 쳐다보고 있는지 눈을 맞춰 확인했다. 그러더니 권총을 꺼내서 라보조의 귀에 대고 방아쇠를 당겼다.

에디는 자기 몸이 반으로 찢기는 것 같았다. 눈이 흐릿하고 머리가 멍해졌다. 탄광에 총소리가 메아리쳤고 라보조의 얼굴은 피범벅이 되었다. 모턴은 양손으로 입을 틀어막았고 대위는 고개를 떨어뜨렸다. 아무도 움직이지 않았다.

'미친놈 2'는 발을 움직여 시신에 검은 흙을 뿌리더니 에디를 노려보며 발치에 침을 뱉었다. 그가 '미친놈 3'과 '미친놈 4'에게 뭐라고 쏘아붙였다. 두 사람도 포로들처럼 망연자실했다. 그 순간 '미친놈 3'은 고개를 저으며 뭐라고 중얼거렸다. 기도라도 하는지 눈을 내리깔고 입술을 달싹거렸다. 하지만 '미친놈 2'가 총을 흔들며 다시 소리치자 '미친놈 3'과 '미친놈 4'는 느릿느릿 라보조의 다리를 붙잡아 끌고 갔다. 탄광 바닥에 피가 줄줄 흘렀다. 어둠 때문에 마치 기름이 흐른 자국처럼 보였다. 그들은 라보조를 벽에 던져 놓았다. 곡괭이 옆이었다.

그 후 에디는 기도를 올리는 것도, 날짜를 헤아리는 것도 그만두었다. 에디와 대위는 모두 라보조와 같은 운명을 맞이하기 전에 탈출해야 한다는 이야기만 했다. 대위는 적의 군수물자가 부족해서 반쯤 죽어 가는 포로들에게도 석탄을 캐게 하는 거라고 짐작했다. 탄광에서는 사람이 점점 줄어들었다. 에디는 밤마다 폭탄이 터지는 소리를 들었고, 그 소리는 점점 가까워지는 것 같았다. 대위는 사정이 너무 나빠지면 적군들이 탈출할 거라고 예상했다. 아마 모든 걸 없애고 달아날 터였다. 그는 포로 막사 뒤편에서 땅에 파 놓은 구멍과 가파른 언덕에 세워 놓은 커다란 기름통을 본 적이 있었다.

"기름은 증거물을 태우는 데 쓸 거야. 놈들은 우리 무덤을 파고 있다고."

대위가 속삭였다.

3주 후 달빛이 뿌연 밤, '미친놈 3'이 벽돌만 한 돌 두 개를 들고 막사 안에서 보초를 섰다. 그는 지루했는지 돌을 공중에 던지고 받기 시작했다. 돌은 계속해서 바닥에 떨어졌고, 다시 주워서 던지면 또 떨어졌다. 검은 재를 뒤집어쓴 에디는 돌이 떨어지는 소리에 짜증이 나서 고개를 들었다. 자려고 애쓰던 참이었다. 그는 천천히 몸을 일으켰다. 머릿속에 앞으로의 일이 분명히 그려졌고, 초조해서 미칠 것 같았다.

그가 속삭였다.

"대위님, 움직일 준비가 되셨습니까?"

대위가 고개를 들었다.

"무슨 생각을 하는 거야?"

"저 돌이요."

에디가 경비병 쪽을 가리켰다.

"저게 어떻다는 거야?"

대위가 물었다.

"제가 저글링을 할 줄 압니다."

대위는 눈을 가늘게 뜨며 물었다.

"뭐야?"

하지만 에디는 벌써 경비병을 부르고 있었다.

"제대로 못하는군!"

그는 양 손바닥으로 공을 돌리는 시늉을 했다.

"이렇게 해야지! 이렇게 해 보라고! 이리 줘 봐!"

에디가 손을 내밀었다.

"내가 한번 해 보지. 줘 보라니까."

'미친놈 3'은 조심스럽게 에디를 쳐다봤다. 에디는 경비병 중 그를 상대로 기회를 잡는 게 가장 낫다고 생각해 왔다. '미친놈 3'은 가끔 빵 조각을 가져다가 창문 구실을 하는 작은 구멍으로 넣어 주곤 했다. 에디는 다시 손을 돌리는 시늉을 하며 웃었다. '미친놈 3'이 다가오다가 걸음을 멈췄다. 그는 되돌아가서 총검을 집어 들고, 다시 에디에게 걸어와 돌멩이 두 개를 내밀었다.

"이렇게 해야지."

에디는 수월하게 돌멩이 두 개를 던지고 받기 시작했다. 그가 일곱 살 때, 공 여섯 개를 동시에 던지고 받던 이탈리아인 쇼 출연자에게 배운 기술이었다. 나무 산책로에서 아주 오래도록 던져 올렸다 받고, 다시 던지는 연습을 했다. 자갈이든 고무공이든 눈에 띄는 대로 던졌다. 그러니 이

정도는 식은 죽 먹기였다. 루비 가든 부근에 사는 아이들은 덕분에 모두 저글링 기술을 익혔다.

에디는 돌멩이 두 개를 빠른 속도로 돌려가며 던지고 받아서 경비병을 놀라게 했다. 그러다가 동작을 멈추고 돌멩이를 내밀며 말했다.

"하나 더 줘 봐."

'미친놈 3'은 툴툴댔다.

"세 개를 달라고."

에디가 손가락 세 개를 펴고 다시 말했다.

"세 개."

이즈음 모턴과 스미티도 일어나 앉았고 대위는 더 바싹 다가오고 있었다.

"어쩔 작정이야?"

스미티가 중얼댔다.

'미친놈 3'은 대나무 문을 열고 다른 동료를 소리쳐 불렀다. '미친놈 1'이 큼직한 돌을 들고 나타났고 '미친놈 2'가 뒤따라 들어왔다. '미친놈 3'은 돌멩이를 에디에게 내밀고는 뭐라고 소리를 질렀다. 그러더니 뒤로 물러서서 다른 사람들을 보며 앉으라는 시늉을 했다. '구경이나 하자'라는 것 같았다.

에디는 리듬감 있게 돌을 공중으로 던져 올렸다. 돌 하나가 손바닥만 했다. 그는 서커스 노래를 불렀다.

"다, 다-다-다 다아아아."

경비병들은 웃음을 터뜨렸다. 에디도 웃었고 대위도 웃었다. 시간을 벌려고 억지로 웃어 젖혔다.

"가까이 다가와."

에디는 노래 가사인 체하며 동료들에게 지시했다. 모턴과 스미티가 슬그머니 다가갔다.

경비병들은 자세가 흐트러진 채 이 게임을 즐기고 있었다. 에디는 숨을 참으려 애썼고 조금 더 오래 숨을 참았다. 공중에 돌 하나를 던진 다음, 밑에서 돌 두 개를 주고받고 떨어지는 돌을 받았다. 그런 식으로 계속 차례로 돌을 던져 올렸다.

"와아."

'미친놈 3'이 자기도 모르게 감탄사를 내뱉었다.

"마음에 들어?"

에디는 더 빠른 속도로 돌 던지기를 했다. 돌을 높이 던지고 경비병들의 눈이 돌을 따라 움직이는 것을 확인했다. 그는 계속 노래를 불렀다.

"다, 다-다-다-다-아아아."

그러더니 가사를 덧붙였다.

"내가 셋을 세면, 다, 다-다-다다아아아. 대위님, 왼쪽에 있는 노오옴을……."

'미친놈 2'가 의심스러운 듯 얼굴을 찌푸렸다. 에디는 루비 가든의 서커스 단원들이 관객들의 관심이 흐트러졌을 때 짓는 미소를 지었다.

"여기 보세요, 여기 보세요. 여기! 지상 최고의 쇼가 펼쳐집니다. 여러분!"

에디는 더 빨리 손을 움직이며 수를 셌다.

"하나…… 둘……."

그는 다른 때보다 돌을 높이 던졌다. 경비병들은 공중으로 올라가는 돌을 쳐다봤다.

"개시!"

에디가 소리쳤다. 그는 공중에서 떨어지는 돌을 홱 잡았다. 동네에서 야구하던 시절의 투구 솜씨를 되살려 '미친놈 2'의 얼굴에 돌을 냅다 던져 코뼈를 주저앉혔다. 에디는 두 번째 돌을 받아서 왼손으로 던졌다. 돌은 '미친놈 1'의 턱으로 그대로 날아갔고, 상대는 쓰러졌다. 대위가 그 위에 올라타고 총검을 빼앗았다. 잠시 얼어붙은 듯 가만히 있던 '미친놈 3'이 권총을 집어 마구 쏘아 대자, 모턴과 스미티가 발을 걸어 넘어뜨렸다. 문이 덜컥 열리면서 '미친놈 4'가 뛰어 들어왔고 에디는 마지막 돌을 그에게 던졌다. 돌은 머리를 약간 비켜갔지만 그가 피할 때 대위가 창검을 들고 벽에서 기다리다가 그의 가슴을 찔렀다. 그 힘이 어찌나 셌던지 두 사람은 하나로 뒤엉켜 문 밖으로 굴러 떨어졌다. 흥분한 에디는 '미친놈 2'에게 달려들어서 얼굴을 마구 두들겼다. 동네에서 애들을 혼내 줄 때도 이렇게 때린 적은 없었다. 그는 바닥에 떨어진 돌멩이를 집어 들고 '미친놈 2'의 머리통을 내리쳤다. 한 번, 또 한 번……. 계속 때리다가 손을 보니 피와 살점과 석탄 가루가 뒤범벅이 되어 검붉은 색으로 물들어 있었다. 그때 총소리가 났고, 에디는 손으로 귀를 틀어막았다. 그 바람에 관자놀이에 끈적이는 뻘건 액체가 묻었다. 고개를 드니 스미티가 적의 권총을 들고 서 있었다. '미친놈 2'의 몸이 축 처졌고 가슴에서 피가 콸콸 솟구쳤다.

"라보조를 위해서."

스미티가 중얼댔다.

몇 분 만에 경비병은 모두 죽었다.

마른 몰골의 포로들은 피투성이가 된 채 맨발로 가파른 언덕을 향해 달려갔다. 에디는 다른 경비병들의 총탄 세례를 받을 거라고 예상했지만 주위는 조용했다. 다른 막사는 텅 비어 있었다. 사실 수용소 전체에 아무도 없었던 것이다. '미친놈' 넷과 그들만 남게 된 지 얼마나 되었을까? 그

때 대위가 속삭였다.

"폭격 소리가 나자 다들 달아났겠지. 우리가 마지막으로 남은 그룹일 거야."

언덕 꼭대기에는 기름통이 있었고 100미터도 안 되는 곳에 석탄 광산의 입구가 있었다. 그 옆에 군수 창고가 있었는데 모턴은 사람이 없는 걸 확인하고는 안으로 뛰어 들어갔다. 그는 수류탄과 소총, 그리고 원시적으로 보이는 화염방사기 두 대를 들고 나왔다.

"태워 버리자고."

모턴이 말했다.

생일 파티 또는 송별 파티

케이크에는 '행운을 빈다! 잘 싸워!'라고 적혀 있었다. 바닐라 크림 장식에 누군가 'Come home soon(빨리 돌아와)'이라고 썼는데 'o-o-n'이 달라붙어 'son'이 되어 있었다. '돌아오라, 아들'이 된 셈이었다.

어머니는 벌써 에디가 다음 날 입을 옷을 세탁해서 다림질해 두었다. 옷걸이에 걸어서 에디의 침실 옷장 손잡이에 걸고, 밑에는 정장 구두까지 놓아두었다.

에디는 루마니아에서 온 사촌 동생들과 부엌에서 장난을 하고 있었다. 그는 뒷짐을 졌고, 사촌들이 돌아가며 그의 배를 때리고 있었다. 사촌 한 명이 부엌 창문으로 보이는 회전목마를 가리켰다. 야간 손님들을 위해 회전목마에 불이 켜지고 있었다. 아이가 소리쳤다.

"말이다!"

이어 현관문이 열리는 소리가 들려왔다. 에디는 그 소리에 가슴이 두근거리기 시작했다. 이렇게 나약한 마음으로 어떻게 전쟁에 나갈까?

"안녕, 에디."

마거릿이 부엌문 옆에 서서 인사를 보내 왔다. 너무나도 아름다운 모습이었다. 에디는 항상 그랬듯이 가슴이 두근거렸다. 그녀는 머리에 묻은 빗물을 털어 내면서 생긋 웃었다. 마거릿의 손에는 작은 상자가 들려 있었다.

"널 주려고 가져왔어. 생일 선물이야. 또……, 떠나니까……."

마거릿이 선물을 건네며 다시 미소를 짓자 에디는 그녀를 안고 싶은 마음이 간절해졌다. 상자에 뭐가 들어 있든 상관없었다. 마거릿이 그에게 주었다는 사실이 중요할 뿐이었다. 마거릿과 같이 있을 때마다 에디는 시간이 멈춰 버렸으면 좋겠다고 생각했다.

"근사한데."

에디가 감탄하자, 마거릿이 웃으며 대꾸했다.

"열어 보지도 않았으면서."

에디는 못 들은 체 마거릿에게 한 걸음 가까이 다가섰다.

"저기 있지. 혹시……."

그때 누군가 다른 방에서 소리를 질렀다.

"에디! 들어와서 촛불 꺼라!"

"그래! 우리 배고파!"

"아, 샐. 쉬잇!"

"배고픈데 왜 그래?"

방으로 들어가자 케이크가 놓여 있었고, 맥주와 우유,

시거도 있었다. 에디의 성공을 비는 건배가 이어졌다. 어머니는 울음을 터뜨리더니 큰아들 조를 껴안았다. 조는 평발 때문에 징집되지 않았다.

그날 밤, 에디는 마거릿과 공원 안을 걸었다. 매표소 직원이며 음식 노점상들 모두가 아는 사람들이었다. 그들은 두 사람과 마주칠 때마다 다들 에디의 행운을 빌어 주었다. 나이 든 부인들은 눈물을 흘리며 인사했는데, 에디는 그것을 보면서 그들의 아들들이 이미 전쟁에 나갔다는 사실을 알아차렸다.

에디와 마거릿은 당밀과 백옥 열매, 루트 비어 맛 소금 사탕을 샀다. 그들은 조그만 흰색 봉지에 담긴 태피 사탕을 서로 먼저 집으려고 손가락 장난을 쳤다. 그러면서 곧장 오락장까지 걸었다.

에디가 오락기구 앞에 섰다. 손힘을 테스트하는 기구를 잡아당기자 화살표는 '힘없는 손', '보통 손', '약간 센 손'을 지나 단숨에 '화끈한 손'까지 올라갔다.

"우와. 진짜 힘세다."

마거릿이 감탄하며 말했다.

"화끈한 손이잖아."

에디가 근육을 만들어 보이며 맞장구를 쳤다.

늦은 밤, 두 사람은 영화에서처럼 산책로에서 손을 잡고 난간에 기대어 섰다. 모래사장에는 넝마주이가 막대기와 찢어진 수건으로 모닥불을 피워 놓고 밤을 보낼 준비를 하고 있었다.

마거릿이 불쑥 말했다.

"기다려 달라고 부탁할 필요 없어."

에디는 침이 꼴깍 넘어가는 것을 느꼈다.

"그래?"

그녀가 고개를 끄덕이자 에디는 씨익 웃어 보였다. 저녁 내내 목에 걸렸던 말인데, 하지 않아도 된다니……. 심장이 터질 것만 같았다. 마거릿을 꼬옥 안아 주고 싶었다. 앞으로 평생 다른 누구도 이 순간 그녀를 사랑하는 마음만큼 사랑하지는 못할 것이다.

에디의 이마에 빗방울이 떨어졌다. 그리고 또 한 방울. 에디는 구름 낀 하늘을 올려다보았다.

"이봐, 화끈한 아저씨?"

마거릿이 에디를 불렀다. 그녀는 웃는 얼굴이었지만, 고개를 숙이고 눈을 깜빡이고 있었다. 아름다운 얼굴에 물이 흐르고 있었다. 에디는 그것이 빗물인지 눈물인지 가늠할 수가 없었다. 마거릿이 힘주어 말했다.

"죽으면 안 돼, 알았지?"

석방된 포로는 격렬해지는 경우가 많다. 잃어버린 낮과 밤, 그동안 겪은 고문과 굴욕. 그 모든 게 분노에 찬 보복을 요구한다. 그래야 홀가분해진다. 모턴은 훔친 무기를 한 아름 안고 나오면서 동료들에게 외쳤다.

"다 태워 버리자고."

모두들 동의했다. 주도권을 쥔 기분에 들뜬 그들은 무기를 나눠 들고 흩어졌다. 스미티는 광산 입구로, 모턴과 에디는 기름통이 있는 곳으로, 대위는 수송 차량을 찾으러 나섰다.

대위가 명령했다.

"5분이다. 5분 후에는 모두 여기로 돌아오도록! 곧 폭격이 시작될 테니까 그 전에 철수해야 한다. 알겠나? 5분이야!"

반년가량 집이었던 곳을 잿더미로 만드는 데는 5분이면 족했다. 스미티는 갱도에 수류탄을 던지고 달아났다. 에디와 모턴은 기름통 두 개를 굴려 오두막 촌으로 가져가서 오두막집 문을 연 다음, 화염방사기의 노즐에 불을 붙였다. 그들은 오두막에 불이 붙는 광경을 지켜봤다.

"타 버려라!"

모턴이 외쳤다.

"다 타 버려!"

에디가 소리쳤다.

아래에서는 석탄 광산이 폭발했고 입구에서는 검은 연기가 치솟았다. 일을 마친 스미티는 모이기로 약속한 장소로 달려갔다. 모턴이 오두막을 향해 기름통을 걷어차니 불길이 솟구쳤다.

에디는 싸늘한 미소를 지으며 그 광경을 지켜보다가 보통 집보다 큰 헛간으로 갔다. 그는 무기를 들고 "다 끝났어."라고 내뱉었다. 끝이었다. 나쁜 놈들의 손아귀에서 잡혀 지낸 지 몇 개월이나 지났다. 썩은 이에 얼굴은 해골처럼 생긴 인간 이하의 경비병 놈들……. 죽은 호박벌이 떠다니는 국을 먹이던 놈들. 앞으로 어떤 일이 생길지 몰라도 지금까지 겪은 일보다 나쁜 일이야 일어날까?

에디는 방아쇠를 당겼다. 탕. 총알이 재빨리 튕겨 나갔다. 대나무가 메말라 있어서, 헛간 벽이 주황색 불길과 함께 순식간에 녹아 내렸다. 멀리서 엔진이 털털대는 소리가 났다. 대위가 타고 도주할 차량을 찾았구나 하는 생각이 들었다. 그 순간, 하늘에서 폭탄을 떨어뜨리는 소리가 났다. 매일 밤마다 듣던 그 소리였다. 소리가 가까이에서 들리는 걸로 보아 비행기에서 불길을 봤을 거라는 생각이 들었다. 구조될지도 몰라. 집에 가게 될지도 몰라! 그는 불타는 헛간으로 몸을 돌렸다. 그리고······.

저게 뭐지?

에디는 눈을 깜빡였다.

뭐였지?

열린 문으로 뛰어 들어간 에디는 눈의 초점을 맞추려 애썼다. 열기가 너무 심해서 손으로 눈앞을 가려야 했다. 자신할 수는 없지만, 조그만 체구의 사람이 불길 속에서 뛰어다니는 걸 본 것 같았다.

"누구 있어요?"

에디는 앞으로 나가며 총구를 내리고 소리쳤다.

"이봐요! 안에 누구 있나요?"

헛간 천장이 무너지기 시작하면서 불꽃과 불길을 쏟아냈다. 에디는 화들짝 놀라 뒤로 물러섰다. 눈물이 났다. 그림자인지도 몰라.

"에디! 얼른 나와!"

모턴이 오솔길에서 에디에게 손을 흔들며 소리쳤다. 눈이 쑤시고 숨을 쉬는 것조차 힘들었다. 에디는 손짓을 하며 고함을 질렀다.

"안에 누가 있나 봐!"

모턴은 귀에 손을 대고 물었다.

"뭐라고?"

"안에 누가 있는 것 같아."

모턴은 아무런 소리가 들리지 않자 고개를 저었다. 에디는 몸을 돌리는 순간, 다시 물체를 본 것 같았다. 아이 체구만 한 뭔가가 불타는 헛간 안에서 기어 다니고 있었다. 성인 남자만 보고 산 지 2년이 넘은 까닭에, 그림자 같은 형상을 보자 문득 루비 가든에서 미니 기차와 롤러코스터를 태워 주었던 사촌 동생들이 떠올랐다. 아이들이 해변에서 뛰노는 모습과 마거릿……, 그녀의 사진. 몇 달 동안 마음속에 가둬 두고 꺼내 보지 않았던 모든 것이 생생하게 떠올랐다.

"이봐! 나오라고!"

에디는 화염방사기를 내던지고 가까이 다가서며 소리쳤다.

"안 쏠 테니 빨리 나와……."

누군가 그의 어깨를 확 잡아당겼다. 에디가 주먹을 불끈 쥐고 돌아서 보니 모턴이 외치고 있었다.

"에디! 지금 떠나야 해!"

에디는 고개를 저었다.

"안 돼……, 안 돼……. 기다려 봐……, 기다려 봐……. 누가 안에 있는 것 같아."

"안에는 아무도 없어! 어서!"

에디가 필사적으로 헛간을 돌아보자 모턴이 다시 그의 어깨를 움켜잡았다. 이번에는 에디가 갑자기 몸을 홱 돌려서 모턴의 가슴을 가격했다. 모턴은 무릎을 꿇고 주저앉았다. 에디는 머리가 욱신거렸다. 분노가 치밀자 얼굴이 일그러졌다. 그는 눈을 감다시피 하고 불길을 응시했다. 뭔가가 있었는데……, 뭘까? 벽 뒤에서 누군가 구르고 있나? 저기서?

그는 죄 없는 뭔가가 눈앞에서 불에 타 죽어 가고 있다고 확신하고 앞으로 나아갔다. 바로 그때 천장이 요란한 소리를 내며 무너지면서 불꽃이 머리 위로 비처럼 쏟아졌.

그 순간, 그에게서 전쟁의 모든 기억이 분노처럼 터져 나왔다. 포로 생활과 살인마들, 그리고 관자놀이에 엉겨 붙은 핏자국에 신물이 났다. 폭탄이 떨어지는 것도, 불타는 것도, 이 모든 것의 공허함도 신물이 났다. 그는 뭔가를 구원하고 싶었다. 죽은 전우 라보조의 일부분과 자신의 일부분, 그리고 알 수 없는 뭔가를 구원하고 싶었다. 에디는 비틀비틀 화염 속으로 들어갔다. 바로 그때 머리 위에서 전투기가 굉음을 내더니 총소리가 북을 쳐 대는 것처럼 들려왔다.

에디는 정신이 홀린 사람마냥 움직였다. 불타는 기름 웅덩이를 지날 때 옷 뒷자락에 불이 붙었다. 노란 불길이 장딴지를 타고 무릎으로 올라왔다. 그는 팔을 올리며 고함을 질렀다.

"도와줄게! 이리 나와! 쏘지 않을게……."

갑자기 찌르는 듯한 통증이 다리를 타고 올라왔다. 에디는 욕설을 내뱉으며 널브러졌다. 무릎 밑에서는 피가 줄줄 흘렀다. 비행기 엔진 소리가 요란하게 울리더니 하늘에 파란 불빛이 환하게 퍼졌다.

그는 그렇게 화상을 입은 채 피를 흘리며 누워 있었다. 화염 속에서 눈을 감으며 평생 처음으로 죽을 때가 되었다는 생각을 떠올렸다. 그때 누군가 그를 당겨 흙바닥에 굴리며 불을 껐다. 뻣뻣해진 에디는 힘이 없어 저항하지 못하고 콩자루처럼 데굴데굴 굴렀다. 그는 곧 차 안에 눕혀졌고, 전우들은 주위에 모여 정신을 잃지 말라고 격려했다. 등 부분의 화상이 심했고 무릎은 감각이 없었다. 정신이 아득하고 피곤했다. 정말이지 피곤했다.

에디가 마지막 순간을 설명하자, 대위는 느릿느릿 고개를 끄덕였다.

"거기서 어떻게 빠져나왔는지 기억하나?"

"이틀이 걸렸다네. 자네는 의식이 들어왔다 나갔다 했지.

출혈이 심했어."

"그래도 우린 해냈잖습니까?"

"그랬지."

대위는 말끝을 길게 끌며 한숨을 내쉬었다. 그리고 이렇게 덧붙였다.

"자네가 맞은 총알이 한몫 단단히 했다네."

사실 총알은 완전히 제거되지 않았다. 총알은 신경과 힘줄 몇 개를 끊고 뼈를 세로로 쪼개 놓았다. 에디는 수술을 두 차례나 받았지만 다리는 완치되지 않았다. 의사들은 계속 다리를 절뚝이며 살아야 하고, 나이가 들어 뼈가 노화되면 상태가 더 나빠질 거라고 말했다. 그들은 "최선을 다했다."라고 말했다. 최선을 다했다고? 과연? 그걸 누가 알까? 에디가 아는 것은, 야전 병원에서 일어나 보니 인생이 완전히 달라져 있었다는 사실뿐이었다. 에디는 영영 달리기를 못하게 되었을 뿐만 아니라 춤도 출 수 없었다. 사물에 대한 느낌이 예전 같지 않은 게 더 큰 문제였다. 그 순간부터 에디의 삶은 위축되었고 모든 게 심드렁하거나 하릴없어 보였다. 에디의 존재 속으로 전쟁이 스멀스멀 기어들었다. 다리 속으로. 영혼 속으로. 그는 병사로서 많은 걸 배웠고, 전혀 다른 사람이 되어 고향집에 돌아갔다.

대위가 말했다.

"내가 삼대째 내려오는 군인 집안 출신이라는 걸 알았나?"

에디는 몰랐다는 듯 어깨를 으쓱했다.

"그렇다네. 난 여섯 살 때 이미 총 쏘는 법을 배웠지. 아침이면 아버지는 내 침대를 점검했어. 저녁식탁에서는 늘 '그렇습니다.'와 '아닙니다.'라고 대답해야 했지. 입대하기 전날까지도 나는 매일 명령을 받았지. 입대하니까 내가 명령을 내리는 사람이 되어 있더군. 평화로울 때는 괜찮았지. 똑똑한 애들이 많이 들어왔으니까. 그런데 문제는 전쟁이었어. 전쟁이 시작되자 자네처럼 어린 신병들이 밀려들었어. 다들 내게 경례를 하고, 내가 내리는 지시를 기다렸어. 모두들 내가 전쟁에 대한 기밀사항이라도 아는 것처럼 굴었어. 내가 그들을 살아남게 해 줄 수 있다고 생각했지. 자네도 그랬을걸?"

에디는 인정할 수밖에 없었다. 대위는 손을 뒤로 돌려 목덜미를 문지르며 말했다.

"물론 난 그럴 수 없었어. 나도 명령을 받는 입장이었지. 한데 부하들을 살아남게 해 주지는 못하더라도 하나로 묶을 수는 있겠다는 생각이 들더군. 큰 전투에서는 누구든 작지만 뭔가 매달릴 만한 것을 찾게 마련이지. 그런 걸 찾으면 참호에서 병사가 십자가를 꼭 쥐고 기도하듯 그렇게 매달리게 되지. 내게 있어서 그건 자네들에게 매일 들려주었던 약속이었네. 누구도 남겨 두고 떠나지 않는다는 약속 말이야."

에디가 고개를 끄덕이며 말했다.

"그것이 정말 저희에게 큰 힘이 되었습니다."

대위는 그를 빤히 쳐다봤다.

"그랬다면 다행이군."

그는 가슴에 달린 주머니에서 새 담배를 꺼내 불을 붙였다.

"왜 그런 말씀을 하십니까?"

대위는 연기를 내뿜더니 담배로 에디의 다리를 가리켰다.

"자네를 쏜 사람은 바로 나니까."

대위가 말했다.

에디는 나뭇가지 아래에 늘어뜨린 다리를 물끄러미 바라보았다. 수술 부위와 통증이 되살아났다. 죽은 후로 느끼지 못했던 감정이 성난 파도처럼 밀려들었다. 뭔가를 해치고 싶은 욕망이 꿈틀거렸다. 에디는 눈을 가늘게 뜨고 대위를 노려봤다. 대위는 그럴 줄 알았다는 듯이 에디를 멍하니 바라보았다. 그가 담배를 버리면서 속삭였다.

"마음대로 해 봐."

에디는 비명을 지르면서 달려들었다. 두 사람은 뒤엉킨 채 나무에서 떨어졌고, 떨어지는 와중에도 씨름을 벌였다.

"왜? 나쁜 자식! 이 나쁜 놈! 설마! 왜 그랬어?"

두 사람은 진흙탕에서 서로 뒤엉켜 굴렀다. 에디가 대위의 가슴에 올라타고 앉아 주먹으로 얼굴을 후려갈겼으나 대위는 피를 흘리지 않았다. 에디는 대위의 멱살을 잡고 흔들어 대다가 머리를 흙바닥에 쾅쾅 내리쳤다. 대위는 눈 하나 깜짝하지 않으면서 에디의 분노가 다할 때까지 날아드는 주먹을 다 맞으며 몸을 좌우로 굴렸다. 마침내 그는 한 팔로 에디를 잡아 제압했다. 대위는 에디의 가슴을 팔꿈치로 누르며 차분히 말했다.

"안 그랬으면 불구덩이 속에서 자네를 잃었을 테니까. 자네는 죽었을 거야. 한데 아직 그럴 때가 아니었지."

에디는 숨을 몰아쉬었다.

"때가 아니라니?"

대위가 설명하기 시작했다.

"자네는 헛간에 들어가는 데만 집착했어. 막으려는 모턴을 때려눕혔지. 우리에겐 빠져나갈 시간이 거의 없었고, 자네는 빌어먹게도 힘이 세서 맞붙을 수가 없었지."

에디는 치밀어 오르는 부아를 참지 못하고 대위의 멱살을 잡았다. 누렇게 변한 대위의 치아가 보였다. 담배의 니코틴 때문일 것이다.

"내…… 다리! 내 인생!"

"내가 자네 다리를 가져간 것은 생명을 구하기 위해서야."

대위는 조용히 말했다.

에디는 대위의 멱살을 놓고, 기진맥진한 채 누워 버렸다. 팔이 쑤시고 머리가 빙빙 돌았다. 그렇게 오랫동안 그 한순간에 붙들려 살았는데. 그 한 가지 잘못에, 인생 전체가 바뀌어 버린 그 순간에 붙들려 버렸는데. 그는 속삭이듯 말했다.

"오두막에는 아무도 없었어요. 내가 무슨 생각을 한 거야? 그곳에 가지만 않았더라도……. 왜 절 그냥 죽게 내버려 두지 않았습니까?"

"아무도 혼자 버려두지 않는다는 말을 잊었나? 자네가 겪은 일은 이전에도 많이 봤지. 누구든 어떤 시점에 다다르면 더 이상 현실을 극복하지 못해. 어떤 때는 한밤중에 일이 벌어지기도 해. 막사에서 나와서 반쯤 벗은 채로 맨발로 걷기 시작하는 거야. 집에 가려는 사람처럼, 길모퉁이를 돌면 집이 있는 것처럼, 그렇게 걸어가지. 어떤 때는 전투 중에 그런 일이 벌어지기도 해. 총을 내려놓고, 눈이 흐리멍덩해지는 거야. 그리고 그걸로 끝이지. 더 싸우지 못해. 보통은 총을 맞고 만다네. 자네에게는 여기 일이 다 끝나기 불과 몇 분 전에 그런 일이 일어난 거지. 불 앞에서 무너져 버린 거야. 난 자네를 타 죽게 할 수 없었어. 다리쯤이야 치료하면 될 거라고 계산했지. 우리가 자네를 거기서 빼냈고, 다른 병사들이 자네를 야전병원에 데려갔다네."

에디는 가슴에서 망치질을 하는 것처럼 숨이 거칠어졌다. 머리에는 진흙과 나뭇잎이 잔뜩 묻어 있었다. 에디는 조금 뒤에야 대위의 마지막 말이 이상하다는 걸 깨달았다.

"'다른 병사들'이요? 그게 무슨 말씀이십니까? '다른 병사들'이라니요?"

에디가 물었다.

대위는 일어나면서 다리에 묻은 잔가지를 털어 냈다.

"그 후 나를 다시 봤나?"

보지 못했다. 에디는 야전병원으로 옮겨졌고, 결국 부상 때문에 제대해서 고향으로 날아갔다. 몇 달 후에 대위가 죽었다는 소식은 들었지만, 나중에 다른 전투에서 목숨을 잃었을 거라고 짐작했다. 훈장이 든 편지도 왔는데, 에디는 봉투를 열어 보지도 않고 치워 버렸다. 전쟁 후 몇 달은 어둠에 갇혀 지냈다. 세세한 부분은 잊었고, 기억을 되살리고 싶지도 않았다. 시간이 흐르자 그의 주소도 바뀌었다.

대위가 말했다.

"말한 그대로야. 파상풍? 황열병? 그런 주사를 죄다 맞으면 뭐 해? 공연한 시간낭비인걸."

그가 에디의 어깨 너머를 고갯짓하자 에디가 머리를 돌렸다.

문득 그의 눈에 들어온 풍경은 황폐한 언덕이 아니라 그들이 달아나던 밤이었다. 달빛이 뿌연 하늘로 비행기가 날아들었고, 오두막이 불타고 있었다. 대위는 스미티, 모턴, 에디를 차에 태우고 운전하고 있었다. 화상과 총상을 입은 에디는 뒷좌석에 누워 있었다. 의식이 오락가락하는 에디를 모턴이 부축하고 무릎 위쪽에 지혈대를 묶어 주었다. 포격이 점점 가까워졌다. 태양이 나왔다 들어갔다 하는 것처럼 몇 초에 한 번씩 검은 하늘이 번쩍 빛났다. 차는 언덕 꼭대기에서 멈췄다. 그곳에 나무와 철망으로 만든 엉성한 문이 있었다. 문 양쪽이 워낙 가파른 언덕이라서 차가 문을 돌아서 지날 수가 없었다. 대위는 소총을 들고 운전석에서 내렸다. 그는 나무에 달린 자물쇠를 총으로 쏴서 부수고 문을 열었다. 대위가 모턴에게 운전대를 잡으라고 손짓하고, 눈을 가리켰다. 그가 앞쪽 길을 점검하겠다는 신호였다. 대위는 나무가 빽빽이 우거진 길을 맨발로 힘껏 달려 나갔다. 모퉁이를 돌아 4, 50미터쯤 갔을까.

길이 확 트이자 대위가 부하들에게 손을 흔들었다. 머리 위에 비행기가 날아들었고, 그는 어느 편 비행기인지 보려고 고개를 들었다. 바로 그 순간, 그의 오른발 밑에서 '딸깍' 하는 소리가 났다.

땅속에서 불꽃이 솟구치는 것처럼 지뢰가 폭발했다. 대위의 몸은 공중으로 5, 6미터쯤 솟더니 산산조각 났다. 뼛조각과 까맣게 그을린 살덩이가 튀어 올라 보리수 숲에 떨어졌다.

에디는 눈을 질끈 감고 머리를 젖히며 중얼댔다.

"세상에, 이럴 수가! 전 전혀 몰랐어요. 끔찍하군요!"

대위는 고개를 끄덕이며 시선을 돌렸다. 언덕이 황폐한 상태로 변했고, 동물의 뼈와 부서진 트럭 잔해가 흩어져 있었다. 검게 탄 마을도 덩그러니 남아 있었다. 에디는 여기가 대위의 무덤이라는 걸 깨달았다. 장례식 따윈 없었다. 관도 없었다. 그의 부서진 두개골과 진흙탕뿐이었다.

에디가 나직이 물었다.

"그 긴 시간을 여기에서 계속 계셨던 겁니까?"

"자네가 생각하는 시간과는 다르지."

그는 에디 옆에 앉으며 말을 이었다.

"죽는 것? 그게 모든 것의 끝은 아니라네. 우린 끝이라고 생각하지만 말이야. 하지만 지상에서 일어난 일은 시작일 뿐이지."

에디는 망연한 표정을 지었다.

"성경에 나오는 이야기와 비슷할 거야. 아담과 이브 이야기 말일세. 아담이 지상에서 맞은 첫날 밤과 비슷할걸? 그가 자려고 누웠을 때 말이지. 아담은 모든 게 끝이라고 생각했을 거야. 잠이 뭔지 몰랐으니까. 눈을 감고서 이 세상을 떠난다고 생각했겠지? 한데 그게 아니었지. 다음 날 깨어 보니 새로운 세상이 있었던 거야. 그리고 그에겐 또 다른 게 있었다네. 그는 어제를 갖게 된 거지."

대위는 씨익 웃었다.

"내 생각에는 우리가 여기서 갖게 되는 게 바로 그거라네. 천국은 바로 그런 거지. 자기의 어제들을 이해하게 되는 거라네."

그는 담뱃갑을 꺼내더니 손가락으로 톡톡 치며 말했다.

"내 말을 알아듣겠나? 나야 가르치는 데는 젬병이었거든."

에디는 대위를 찬찬히 살펴보았다. 언제나 그를 나이가

아주 많은 사람으로 생각했다. 한데 이제 보니 석탄재가 묻은 얼굴은 주름 하나 없고, 머리카락은 까맸다. 겨우 서른 몇 살쯤 되었으리라.

에디가 말했다.

"죽은 후 계속 여기 계셨군요. 살았던 세월의 두 배는 되겠습니다."

대위가 고개를 끄덕였다.

"자네를 기다렸지."

에디는 눈을 내리깔았다.

"파란 사내도 그렇게 말하더군요."

"그래, 그 역시 그랬지. 그도 자네 삶의 일부였으니까. 자네가 왜 살았고, 어떻게 살았는지의 일부분 말일세. 자네가 알아야 할 이야기의 일부이기도 하지만, 그는 자네에게 할 말을 했고 이제 여기에 없어. 나도 그럴 테니, 내 말 잘 들으라고. 자네가 나한테서 배울 내용들을 말해 줄 테니 말이야."

에디는 등이 곧게 펴지는 것 같았다.

대위는 말했다.

"희생이란 게 있지. 자네는 희생했고 나 역시 희생했어. 우리 모두 희생을 한다네. 하지만 자네는 희생을 하고 나서 분노했지. 줄곧 잃은 것에 대해서만 생각했어. 자네는 그걸 몰랐어. 희생이 삶의 일부라는 것. 그렇게 되기 마련이라는 것. 희생은 후회할 것이 아니라 열망을 가질 만한 것이라네. 작은 희생과 큰 희생이 있지. 어떤 어머니는 아들을 학교에 보내려고 일을 하지. 또 어떤 딸은 병든 아버지를 보살피기 위해 이사를 하고. 사나이들은 조국을 위해 전쟁에 나가기도 하고……"

그는 잠시 말을 멈추더니 구름 낀 잿빛 하늘로 눈을 돌렸다.

"라보조의 죽음이 무의미하지는 않아. 그는 조국을 위해 희생했고 가족들 역시 그걸 알지. 남동생이 뜻을 이어서 훌륭한 군인이 되었다네. 그날 밤, 우리 모두 차를 타고 지뢰밭을 지날 수도 있었어. 그랬다면 넷 다 같이 죽었겠지."

에디는 고개를 저었다. 그는 낮은 목소리로 말했다.

"하지만 대위님은…… 목숨을 잃었습니다."

대위는 혀를 찼다.

"바로 그거야. 때로 소중한 것을 희생하면, 사실은 그걸 잃는 게 아니기도 해. 잃어버리는 게 아니라 그걸 다른 사람에게 넘겨주는 것이지."

대위는 철모와 소총, 군번줄이 박혀 있는 자기 무덤으로 걸어가 철모와 군번줄을 한 팔에 낀 다음, 진흙탕에서 총을 빼서 투창하듯 던졌다. 그러나 총은 땅에 떨어지지 않고 하늘로 솟아올라 사라져 버렸다. 대위가 몸을 돌리고 말했다.

"난 자네를 쐈네. 그리고 자네는 뭔가 잃었지만, 또 뭔가를 얻었지. 자네가 아직은 그걸 모르지만 말이야. 나도 뭔가를 얻었네."

"뭡니까?"

"난 약속을 지켰지. 부하를 혼자 버려두지 않겠다는 약속을."

그가 손을 내밀었다.

"다리를 그렇게 만든 것을 용서해 주겠나?"

에디는 잠시 생각에 잠겼다. 부상을 당한 후 얼마나 막막했고, 포기할 수밖에 없는 모든 것에 대해 분노했던가? 그런데 대위가 포기한 것을 생각하니 부끄러워졌다. 에디가 손을 내밀자 대위가 그의 손을 굳게 잡았다.

"그래서 나는 자네를 기다리고 있었다네."

갑자기 그들이 앉은 나무에서 큰 가지가 떨어지더니 땅속으로 녹아들었다. 다시 그 자리에서 싱싱한 가지가 천천히 올라왔고, 솜털이 달린 나뭇잎이 피어났다. 대위는 예상하고 있었다는 듯이 힐끗 위를 올려다봤다. 그러더니 손바닥으로 얼굴의 재를 닦아 냈다.

"대위님?"

"음?"

"왜 여기입니까? 어디든 선택해서 기다릴 수 있잖습니까? 파란 사내가 그렇게 말하더군요. 그런데 왜 하필 이곳을 택했습니까?"

대위는 씨익 웃었다.

"난 전쟁터, 이 언덕에서 죽었으니까. 난 전쟁 외에는 아무것도 모르고 세상을 떠났다네. 전쟁 회의, 전쟁 계획, 전쟁 가족. 내 소원은 전쟁이 없는 세상이 어떻게 생겼는지 보는 거였어. 우리가 서로 죽이기 시작하기 전에는 세상이 어땠는지 정말 보고 싶었지."

에디는 주위를 둘러보며 말했다.

"하지만 이것 역시 전쟁인걸요."

"자네에게는 그렇지. 하지만 우리는 다른 시각을 가졌지. 나는 자네가 보는 것과는 다르게 보니까."

대위가 대답했다. 그가 손을 올리자 불에 탄 풍경이 변했다. 돌무더기가 녹고, 나무가 자라 가지를 펼치고, 땅은 진흙탕에서 푸른색 잔디로 바뀌었다. 자욱한 구름은 커튼처럼 옆으로 갈라지더니 파란 하늘을 드러냈다. 나무 꼭대기 위에 하얀 안개 같은 빛이 쏟아지고, 살굿빛 태양이 수평선 위에 빛나며 필리핀 섬을 에워싼 바다에 반사되었다.

누구의 손길도 닿지 않은 순수한 아름다움 그 자체였다.

에디는 고개를 들어 옛 지휘관을 바라봤다. 그의 얼굴은 깨끗했고 군복은 어느 틈엔가 빳빳하게 다림질되어 있었다.

대위가 양팔을 들며 말했다.

"내가 보는 건 이렇다네."

그는 풍경에 매혹된 듯 잠시 서 있더니 슬며시 웃으며 말했다.

"난 이제 담배를 피우지 않아. 그것 역시 자네의 눈에만 그렇게 보이는 거라네. 천국에서 왜 담배를 피우겠나?"

그가 걸음을 옮기기 시작하자 에디가 소리쳤다.

"잠깐만요. 알아야 할 게 있습니다. 루비 가든에서의 제 죽음에 대해 꼭 알아야 합니다. 제가 그 여자애를 구했습니까? 아이의 손을 잡은 느낌은 있지만 기억이 나지 않아서……."

대위가 몸을 돌리자 에디는 말을 그대로 삼켰다. 대위가 끔찍하게 죽었던 것을 생각하니 당황스러워서 자신의 죽음에 대해 더 이상 물어볼 수가 없었다. 에디는 말끝을 얼버무렸다.

"그냥 알고 싶어서요."

대위는 머리를 긁적거리며 연민의 눈으로 에디를 바라

보았다.

"난 말해 줄 수 없네, 병사."

에디는 실망한 나머지 고개를 떨어뜨렸다.

"하지만 누군가 말해 줄 거야."

대위는 철모와 군번줄을 건네며 말했다.

"자네 걸세."

에디는 아래를 보았다. 철모 안쪽에 구겨진 여자 사진이 들어 있었다. 다시 가슴이 아릿하게 저려 왔다. 고개를 들어 보니 대위는 사라지고 없었다.

월요일 오전 6시 30분

사고가 일어난 다음 날 아침, 도밍게즈는 일찌감치 정비실에 나와 있었다. 보통 때 같으면 아침 식사로 먹을 베이글과 음료수를 사 들고 왔겠지만 이날은 곧장 출근했다. 공원은 아직 닫혀 있었다. 그는 세면대의 수도꼭지를 틀고 흐르는 물에 손을 씻으면서 기구의 부품을 닦아야겠다는 생각을 했다. 그러나 그는 물을 잠그면서 그 생각을 접었다. 조금 전보다 두 배는 더 조용한 것 같았다.

"이 새벽에 웬일이야?"

윌리가 초록색 민소매 티셔츠에 헐렁한 청바지 차림으로 정비실 문 앞에 서 있었다. 그의 손에 신문이 들려 있었는데 머리기사는 '놀이공원의 참사'였다.

"도무지 잠이 오지 않아서."

도밍게즈가 말했다.

"나도 그래."

윌리가 철제 의자에 앉았다. 그는 의자를 돌리며 멍하니 신문을 응시했다.

"언제 다시 공원이 개장될까?"

월리가 묻자 도밍게즈는 어깨를 으쓱했다.
"경찰한테 물어봐야지."

그들은 한동안 조용히 앉아 있었다. 둘은 약속이나 한 듯이 번갈아 가며 몸을 뒤척였다. 도밍게즈는 한숨을 내쉬었고 월리는 티셔츠 주머니에서 껌을 꺼냈다. 월요일 아침이었다. 그들은 반장이 출근해서 정비일이 시작되기를 기다리고 있었다.

세 번째 만남

용서의 장

 갑자기 불어온 바람에 에디의 몸이 붕 뜨더니 따듯한 공기가 그의 몸을 휘감았다. 하늘이 에디에게 끌려오는 듯하더니 부드러운 담요처럼 살갗에 닿는 느낌이 밀려왔다. 그리고 순식간에 수백만 개의 별무리가 옥빛으로 터지다가 푸른 하늘에 소금을 뿌린 듯 흩어졌다.

 에디는 눈을 깜빡였다. 산속이었다. 산은 끝없이 뻗어 있었고 정상에는 흰 눈이 쌓여 있었다. 곳곳에 울퉁불퉁한 바위와 보랏빛 산기슭이 있었고, 저 아래 두 개의 산봉우리 사이의 평지에는 크고 검은 호수가 보였다. 물 위에 달이 밝게 비치고 있었다.

산마루 아래쪽에서 반짝이는 오색등이 에디의 눈에 들어왔다. 몇 초에 한 번씩 오색등이 깜빡거리는 것을 보며 그는 그쪽으로 발길을 옮겼다. 그제야 그는 쌓인 눈이 발목까지 올라온다는 사실을 알아차렸다. 발을 들어서 힘껏 흔들어 대니 털어 낸 눈송이가 금빛으로 빛났다. 눈은 차갑지도 축축하지도 않았다.

나는 어디에 있는 걸까? 한 번 더 몸을 만져 봤다. 어깨와 가슴, 배를 눌렀다. 팔뚝은 근육으로 탄탄했지만, 몸통은 더 물컹했다. 그는 머뭇거리다가 왼쪽 무릎을 손으로 쥐었다. 쿡쿡 쑤시는 통증이 느껴지자 에디는 눈살을 찌푸렸다. 대위와 헤어지며 부상당한 자국이 없어지기를 바랐는데, 지상에 있을 때처럼 다리 저는 뚱보 사내가 된 것 같았다. 도대체 왜 천국은 아픈 곳을 되살려 내려는 걸까?

좁은 산마루 밑에서 반짝이는 불빛을 쫓아갔다. 순수하고 고요한 정경은 숨 막힐 정도로 아름다워서, 상상하던 천국의 모습과 비슷했다. 순간 에디는 궁금했다. 내가 거쳐야 할 과정이 끝난 걸까? 대위의 말이 틀렸을까? 더 만날 사람이 없는 걸까? 눈밭을 지나고 바위를 넘어 넓은 공터로 갔다. 불빛은 바로 그곳에서 나오고 있었다. 에디는 믿을 수가 없어서 눈을 깜빡거렸다.

눈밭에 마차 모양의 건물이 서 있었다. 스테인리스로 외장을 한 빨간 지붕의 건물 간판에는 '식사'라고 적혀 있었다.

식당이군.

에디에게 이런 분위기는 전혀 낯설지 않았다. 이런 곳에서 보낸 시간이 많았던 탓이리라. 식당은 자리마다 칸막이를 세워 의자의 등 역할을 하게 만들었고, 주방의 조리대는 번쩍였다. 작은 창틀이 식당 입구까지 쭉 줄지어 있었다. 밖에서 보면 손님들이 기차의 식당칸에 앉아 있는 것처럼 보였다. 에디는 창을 통해 손님들이 손짓하며 이야기하는 모습을 볼 수 있었다. 눈 덮인 계단을 올라 현관문으로 다가가 안을 들여다봤다.

오른쪽에 앉은 나이 든 부부가 파이를 먹고 있었다. 그들은 에디가 쳐다보는 것을 알아차리지 못했다. 다른 손님들은 대리석 카운터 앞에 놓인 회전의자에 앉아 있거나 코트를 벽에 걸고 칸막이 안에 앉아 있었다. 그들은 서로 다른 시대의 사람들 같았다. 어떤 부인은 1930년대에 유행한 옷깃이 높은 드레스 차림이었고, 팔뚝에 1960년대의 평화 상징을 문신한 장발 청년도 있었다. 부상당한 것처럼 보이는 손님도 여럿 있었다. 작업복 차림의 흑인 남자는 팔 한쪽이 없었고, 10대 소녀는 얼굴에 깊은 흉 자국이 있었다. 에디가 창문을 두드렸지만 아무도 돌아보지 않았다. 종이로 만든 흰색 모자를 쓴 요리사들과 김이 나는 음식 접

시들이 눈에 들어왔다. 짙은 붉은색 소스며 노란 버터크림이며, 음식마다 먹음직스런 색깔을 띠었다. 에디의 시선이 오른쪽 구석의 마지막 칸막이로 옮겨 갔다. 그는 꼼짝할 수 없었다.

그의 눈에 들어온 것은······. 설마 이럴 수가.

"아닐 거야."

그가 나직이 내뱉었다. 에디는 식당 문에서 몸을 돌리고 깊이 숨을 들이쉬었다. 가슴이 두근거렸다. 몸을 홱 돌려서 다시 들여다보다가 창틀에 몸이 부딪혔다.

에디가 소리쳤다.

"아니야! 아냐! 아니라고!"

그는 유리창이 깨질 정도로 힘껏 내리쳤다.

"그럴 수 없어!"

에디는 연신 소리를 질러 댄 후에야 하고 싶었던 말을 할 수 있었다. 수십 년간 입에 올리지 않았던 말이 목구멍을 밀고 올라왔다. 그는 그 말을 내뱉었다. 어찌나 크게 소리를 질렀는지 머리가 지끈거렸다. 하지만 칸막이 안에 있는 사람은 구부정하게 앉아 있을 뿐이었다. 그는 아무것도 눈치 채지 못한 채 한 손으로 테이블을 짚고 다른 손으로는 시거를 들었다. 에디가 아무리 소리쳐 불러도 그는 고개를 들지 않았다. 몇 번이고 소리쳐도.

"아버지! 아버지! 아버지!"

다시 맞은 생일

 소독약 냄새가 코를 찌르는 어두침침한 재향군인 병원의 복도. 복도 한쪽에 대기 벤치가 놓여 있었고, 그 위에는 케이크가 든 흰색 제과점 상자가 얹혀 있었다. 에디의 어머니가 상자를 열어 케이크에 초를 꽂기 시작했다. 케이크 양쪽에 각각 열두 개씩이었다. 에디의 아버지, 조, 마거릿, 미키 셰이가 주위에 둘러서서 그녀를 지켜보았다.
 "누구 성냥 있어요?"
 어머니가 작은 소리로 말하자 둘러서 있던 남자들이 제각기 주머니를 뒤적였다. 미키가 재킷에서 성냥을 꺼내다가 그만 담배 두 개비를 바닥에 떨어뜨렸다.
 마침내 에디의 어머니가 성냥을 받아 초에 불을 붙였다. 복도 끝 엘리베이터에서 땡 소리가 나더니 환자용 침대가 나타났다.
 "준비가 되었네요, 가지요."
 사람들이 걸음을 떼자 불꽃이 가쁘게 흔들리기 시작했다.
 그들은 에디의 병실로 들어가며 작은 소리로 노래를 불렀다.

"생일 축하합니다, 생일 축하합니다……."
그러자 옆 병상의 부상병이 소리를 지르며 깨어났다.
"뭐야?"
하지만 그는 곧 자기가 어디에 있는지 알아차리고는 당황한 기색으로 다시 자리에 누웠다. 작게 부르던 노래는 갑작스런 방해로 끊어졌고, 그나마 이어질 기미가 보이지 않았다. 에디의 어머니만 혼자 노래를 이어 불렀다.
"에디의 생일을 축하합니다……. 생일 축하한다, 에디!"
에디는 쑥스러운 표정으로 일어나, 베개를 등에 받치고 앉았다. 화상 부위에 붕대가 감겨 있었고, 한쪽 다리에는 깁스를 하고 있었다. 침대 옆에는 목발 한 쌍이 놓여 있었다. 사람들의 얼굴을 보니 에디는 달아나고 싶은 마음이 굴뚝같았다.
조가 짐짓 헛기침을 하며 말했다.
"어, 아주 좋아 보이는데."
그러자 모두가 안도한 듯 맞장구를 쳤다. 좋구나. 그래. 아주 좋아 보여.
마거릿이 에디에게 머리를 숙이고 속삭였다.
"어머니가 케이크를 준비하셨어."
이어 에디의 어머니가 자기 순서라도 된 듯 한 걸음 앞으로 나왔다. 어머니가 케이크 상자를 에디에게 내보였다.

에디가 어머니를 보며 입을 달싹였다.

"고마워요, 어머니."

어머니는 에디에게 미소를 보낸 뒤 주위를 둘러보았다.

"이걸 어디에다 놓을까?"

그러자 사람들이 이제 막 잠에서 깨어난 듯 움직이기 시작했다. 미키가 의자를 당겨 놓았고, 조가 작은 테이블 위를 치우는 동안, 마거릿은 에디의 목발을 옆으로 옮겼다. 아버지는 부산을 떨지 않고 가만히 서 있었다. 뒤쪽으로 물러나 벽에 슬며시 기댄 것만 빼면, 아버지는 내내 팔에 재킷을 걸친 채 에디의 다리만 바라보고 있었다. 발목까지 깁스를 한 다리.

에디의 시선이 아버지와 마주쳤다. 아버지는 황급히 시선을 내리깔고 손가락으로 창틀만 문질렀다. 에디는 아버지의 그런 모습을 보자 근육이 조여드는 느낌이었다. 눈물을 감추려고 속으로 안간힘을 썼다.

부모는 누구나 자식에게 상처를 준다. 어쩔 수가 없다. 어린 시절에는 어떤 아이든 깨끗한 유리 같아서 보살피는 사람의 손자국을 흡수하게 마련이다. 어떤 부모는 유년기의 유리에 손자국을 내고, 어떤 부모는 금이 가게 만든다. 그중 몇몇은 유년기를 완전히 산산조각 내서 다시 맞출 수 없게 만들기도 한다.

에디의 아버지가 처음 입힌 상처는 무관심이었다. 아기 때 그는 에디를 안아 준 적이 없었고, 좀 더 자란 후에도 애정보다는 짜증에 가까운 몸짓으로 팔을 붙들곤 했다. 에디의 어머니가 애정을 쏟을 때, 아버지는 훈육하는 역할만 떠맡았다.

토요일이면 아버지는 에디를 루비 가든에 데리고 나갔다. 에디는 회전목마와 솜사탕을 기대하고 집을 나섰지만, 한 시간쯤 후 아버지는 아는 사람을 만나서 "대신 아이 좀 봐 주겠나."라고 말하곤 했다. 아버지는 보통 오후 늦게 술에 취해 돌아왔고, 그때까지 에디는 줄 타는 사람이나 동물 조련사와 함께 지내야 했다.

소년기에는 해변의 나무 산책로에서 긴 시간을 보내면서 아버지의 관심을 기다렸다. 난간에 걸터앉거나 반바지 차림으로 정비실의 도구 상자에 올라앉아서 아버지가 쳐다봐 주기를 기다렸다. 가끔 "나도 도울래요, 도울 수 있어요!"라고 나섰지만, 아침에 페리스 회전 바퀴 밑에 기어들어 가서 전날 밤에 손님들의 주머니에서 떨어진 동전을 주워도 좋다는 허락만 떨어졌다.

아버지는 일주일에 적어도 나흘 밤은 카드 판을 벌였다. 카드 판에는 돈과 술병, 담배, 규칙이 있었다. 에디가 지킬 규칙은 간단했다. 방해하지 말라는 것. 한번은 옆에 서서 카드패를 보는데, 아버지가 벌컥 화를 내며 손등으로 에디의 얼굴을 후려갈겼다.

"나한테 대고 숨 쉬지 마라."

에디가 와락 울음을 터뜨리자 어머니는 에디를 얼른 끌어안으며 남편을 노려보았다. 그 후 에디는 아버지에게 다시는 그렇게 가까이 다가가지 못했다.

노름이 잘 안 되고 술병을 다 비운 날, 어머니가 이미 잠들어 있으면 아버지는 아이들의 방에 와서 분통을 터뜨렸다. 장난감을 모조리 모아서 벽에 던지고, 아들들을 매트리스 위에 엎드리게 한 뒤 허리띠를 뽑아서 채찍질을 했다. 돈을 낭비한다고 소리를 질러 대면서. 에디는 어머니가 깨어나기를 기도했지만, 설사 어머니가 깬다고 해도 아버지는 "나가 있어!"라고 윽박지를 뿐이었다. 어머니가 잠옷 자락을 움켜쥐고 무기력하게 복도에 서 있는 걸 보면 에디의 마음은 더욱 좋지 않았다.

유년기의 유리에는 단단하고 냉담하고 분노로 달아오른 손자국들이 찍혀졌다. 어린 시절, 에디는 두들겨 맞고 매질을 당하며 보냈다. 이것이 무관심 이후 두 번째로 입은 상처였다. 폭력의 상처. 폭력에 어찌나 익숙해졌던지 복도를 걸어오는 발소리만 들어도 오늘은 얼마나 심하게 맞을지 짐작할 수 있을 정도였다.

이 모든 걸 겪으면서도 에디는 마음속으로 아버지를 좋아했다. 아버지가 아무리 폭력을 휘두르고 상처를 입혀도 아들은 아버지를 좋아하는 법이니까. 아들들은 그렇게 마음을 바치는 법을 배운다. 신이나 여자에게 마음을 바치기 전에, 아버지에게 마음을 바치는 법을 배우는 것이다. 말도 안 되는 일이고, 설명 불가능한 일이긴 하지만.

아버지는 때론 타다 남은 작은 불씨라도 되살리려는 듯 에디를 대견해하는 것으로 무관심 뒤에 숨겨진 관심을 드러내기도 했다. 14번가 학교 운동장에서 야구 경기가 열리면, 아버지는 담장 뒤에 서서 에디가 시합하는 것을 지켜봤다. 그가 친 공이 외야 쪽으로 날아가면 아버지는 고개를 끄덕였고, 그런 아버지를 바라보며 에디는 베이스를 돌았다.

가끔 에디가 동네에서 싸움을 하고 집에 오면 아버지는 주먹이 까지고 입술이 터진 것을 알아차리곤 했다. 아버지가 "다른 애는 어떻게 됐냐?"라고 물으면, 에디는 흠씬 패 줬다고 대답했다. 그러면 아버지는 만족해했다. 에디가 조를 괴롭히는 애들을 혼내 주자 조는 창피해서 방에 숨었지만, 아버지는 "형은 신경 쓰지 마라. 네가 강한 사람이니 형을 지켜 줘. 아무도 형한테 손대지 못하게 해."라고 말했다.

중학교에 들어가자 에디는 여름이면 아버지처럼 해 뜨기 전에 일어나서 밤이 될 때까지 놀이공원에서 일했다. 처음에는 간단한 기구의 브레이크 레버를 조절해서 천천히 정지시키는 일을 했는데, 몇 년 후에는 정비실에서 일을 하게 되었다. 아버지는 이런저런 정비일을 시켜 보며 아들을 테스트했다. 망가진 운전대를 주면서 "손봐."라고 말했고, 뒤엉킨 사슬을 주면서 "손봐."라고 말했고, 또 녹슨 흙받기와 사포를 가져와서 "손봐."라고 말했다. 에디는 그때마다 일을 끝내서 아버지에게 가져가 "다 됐는데요."라고 말했다.

밤이 되면 온 가족이 저녁 식탁에 모였다. 어머니는 스토브 앞에서 음식을 하느라 땀을 흘렸고, 형 조의 머리와 살갗에서는 바닷물 냄새가 풍겼다. 조는 여름이면 루비 가든 수영장에서 일했다. 조는 거기서 본 사람들이며 그들이 입은 수영복과 쏨쏨이에 대해 이야기했다. 아버지는 별다른 관심을 보이지 않았다. 에디는 아버지가 어머니에게 조에 대해 하는 말을 엿들은 적이 있었다.

"그 녀석, 그렇게 튼튼하지 못해서 물 말고는 다른 건 감당 못하겠어."

그래도 에디는 저녁이면 햇볕에 그을린 깔끔한 모습의 형이 부러웠다. 에디는 아버지처럼 손톱에 기름때가 끼었다. 그래서 식탁에 앉아서 엄지손톱으로 손톱 밑의 때를 빼곤 했다. 한번은 아버지가 그걸 보더니 씨익 웃었다.

"하루를 열심히 살았다는 증거인데, 뭘 그러냐."

아버지는 새까만 손톱을 들어 보이며 그렇게 말하고는 맥주잔을 움켜쥐었다. 하지만 벌써 건장한 10대 소년이 된 에디는 고개만 끄덕일 뿐이었다. 그는 자기도 모르게 아버지와 몸짓으로만 의사소통을 했다. 애정 같은 것은 마음만 있으면 되는 법. 마음을 알면 그뿐이잖아. 애정의 부정(否定). 그것이 에디에게 가장 큰 상처였다.

그러다 에디가 전쟁터에 갔다 온 후 어느 날 밤. 그나마 있던 아버지와의 대화는 완전히 끊겼다. 에디가 다리의 깁스를 풀고 군인 병원에서 퇴원해 집에 돌아왔을 때였다. 아버지는 인근 술집에서 술을 마시고 집에 늦게 들어왔고, 에디는 소파에서 잠들어 있었다. 전쟁터의 어둠은 에디를 딴사람으로 만들었다. 그는 집 안에서 갇혀 지냈을 뿐 아니라 말도 거의 하지 않았다. 애인 마거릿에게도 마찬가지였다. 에디는 몇 시간이고 부엌 창문을 통해 공원의 회전목마를 바라보며 다친 무릎을 문질렀다. 어머니는 "저 아이에겐 시간이 필요해요."라고 속삭였지만 아버지는 점점 더 짜증이 심해졌다. 그는 절망감이라는 걸 이해하지 못했다. 그에게는 그런 에디의 모습이 한없이 약해 보일 뿐이었다.

"일어나서 일자리를 구하지 못해!"

아버지가 소리쳤다. 술기운 때문에 발음이 분명치 않았다. 에디가 몸을 뒤척이자 아버지가 다시 고함을 질렀다.

"일어나……. 가서 일자리를 구하라고!"

아버지는 흔들리는 몸을 가누며 에디에게 다가가서 몸을 밀어냈다.

"일어나서 일자리를 구하라고! 일어나서 일자리를 구해! 일어나……. 나가서 일을 구하라니까!"

에디는 팔꿈치를 대고 겨우겨우 몸을 일으켰다.

"일어나서 일자리를 구해! 일어나……."

"그만하세요!"

에디가 빽 소리치면서 무릎에 통증이 느껴지는데도 확 일어났다. 그리고 아버지를 노려봤다. 아버지의 얼굴이 코앞에 있었다. 술과 담배 냄새가 섞여 악취가 풍겼다.

아버지는 아들의 다리를 힐끗 쳐다봤다. 그는 낮은 소리로 으르렁대듯 내뱉었다.

"저것 봐. 그렇게…… 아프지도…… 않으……면서."

그가 비틀비틀 물러서며 주먹을 날렸지만, 에디는 본능적으로 아버지의 팔을 붙들었다. 아버지의 눈이 휘둥그레졌다. 늘 맞아 마땅한 것처럼 묵묵히 매질을 당하던 아들이 처음으로 방어했기 때문이었다. 아버지는 공중에 뜬 자기 주먹을 쳐다보았다. 그가 콧구멍을 벌렁대더니 이를 갈면서 팔을 뿌리쳤다. 그는 플랫폼에서 빠져나가는 기차를 쳐다보는 사람처럼 멍하니 에디를 바라보았다. 그리고 다시는 아들에게 말을 걸지 않았다.

그것이 에디의 유리에 남은 마지막 손자국이었다. 침묵. 남은 세월 동안 침묵이 맴돌았다. 에디가 아파트를 구해 나갔을 때에도 아버지는 침묵했다. 에디가 택시 기사로 취직했을 때도 그는 침묵했고, 에디의 결혼식에서도 침묵했다. 어머니는 그만 마음을 돌리라고 울고불고 매달렸지만, 아버지는 이를 꽉 물고는 "그놈이 내게 손을 들었어."라고만 말했다. 마음을 풀라고 조언하는 사람들에게도 그렇게 대꾸할 뿐이었다. 대화는 그걸로 끝이었다.

부모는 누구나 자녀에게 상처를 준다. 그들 부자의 삶도 그랬다. 무관심. 폭력. 침묵. 이제 죽음 너머의 알 수 없는 곳에 선 에디는 스테인리스 벽에 등을 대고 눈더미 위에 주저앉았다. 뭐라 설명할 수는 없지만, 지금도 사랑을 갈구하는 그 사람……. 그는 천국에서까지 아들을 모른 체하고 있었다. 그의 거부가 다시금 가슴을 도려냈다. 아버지. 에디는 또다시 상처를 입었다.

"화내지 말아요. 그는 당신 말을 못 들으니까."

한 여인의 목소리가 들리자 에디가 고개를 들었다. 바로 앞에 노부인이 서 있었다. 눈밭에 서 있는 부인은 볼이 늘어진 수척한 얼굴에 장밋빛 립스틱을 바르고 있었다. 백발을 곱게 빗어 넘겨서 분홍색 두피가 군데군데 드러났다. 파란 눈동자의 노부인은 금테 안경을 쓰고 있었다.

에디는 그녀가 기억나지 않았다. 부인이 입은 실크와 시폰(chiffon)으로 된 드레스는 과거 시대의 옷이었다. 턱받이처럼 생긴 드레스의 윗부분에는 흰 구슬이 달려 있고, 목 바로 밑에는 벨벳으로 된 나비 모양 장식이 붙어 있었다. 스커트에는 모조 다이아몬드 버클이 있고, 옆선을 따라 스냅 단추와 고리가 있었다. 부인은 양손으로 파라솔을 들고 우아한 자세로 서 있었는데, 에디는 부인이 부자일 거라고 짐작했다.

노부인은 그 생각을 읽기라도 한 듯 말했다.

"언제나 부자였던 건 아니랍니다. 당신이랑 비슷하게 자랐지요. 도시의 뒷골목 끝에서 살았고, 열네 살에 학교를 그만둬야 했어요. 일하러 다녀야 했거든요. 언니들도 마찬가지였어요. 우리는 버는 돈을 모두 집에 내놔야 했지요."

에디는 그 이야기를 더 듣고 싶지 않아 그녀의 말을 자르며 물었다.

"왜 아버지가 제 말을 듣지 못하지요?"

노부인은 생긋 웃었다.

"왜냐면 그의 영혼은, 안전하고 온전한 그의 영혼은 내 영원의 일부이니까요. 그는 나를 위해 있는 거지, 당신을 위해 여기 있는 게 아니에요. 당신은 여기 있고요."

"왜 아버지가 부인을 위해 있는 건가요?"

부인은 잠시 말이 없더니 다시 말을 이었다.

"이리 와요."

순식간에 그들은 산 아래로 내려와 있었다. 이제 식당 불빛은 마치 계곡에 떨어진 별처럼 점으로 반짝였다.

"아름답군요. 안 그래요?"

노부인이 말하자 에디가 그녀의 눈을 쫓았다. 그녀에게

뭔가가 있었다. 사진으로 본 적이 있는 것 같기도 하고.

"부인이…… 제 세 번째 사람입니까?"

에디가 말했다.

"그래요."

부인이 대답했다.

에디는 머리를 긁적였다. 도대체 이 부인은 누굴까? 적어도 파란 사내와 대위는 내 인생의 어느 지점에서 관련되었는지 알고 있었다. 그런데 왜 모르는 사람이 나타났을까? 왜 지금? 예전에 에디는 죽고 나면 앞서 떠난 사람들과 재회할 수 있을 거라는 바람을 가지곤 했다. 그는 여러 장례식에 참석했다. 검은 정장 구두를 닦고, 모자를 찾아 쓰고, 묘지에 서서 같은 질문을 던지곤 했다. 왜 사람들은 떠나고 난 아직 여기 있을까? 어머니. 형. 숙모와 삼촌들. 친구였던 노엘. 마거릿. 목사는 늘 "언젠가 우리는 모두 하늘 왕국에서 모일 것입니다."라고 말했다.

한데 여기가 천국이라면 그들은 모두 어디 있을까? 에디는 낯선 노부인을 빤히 쳐다봤다. 더 외로워졌다.

그가 속삭이듯 물었다.

"지상을 볼 수 있을까요?"

노부인은 고개를 저었다.

"신에게 이야기할 수는 있나요?"

"그건 언제든지 할 수 있지요."

그는 머뭇거리다가 다음 질문을 했다.

"제가 돌아갈 수 있습니까?"

부인은 실눈을 뜨고 쳐다보며 되물었다.

"돌아가다니요?"

"제가 제 삶의 마지막 날로 돌아갈 수 있을까요? 착하게 살겠다고 약속하면, 교회에 착실히 나가겠다고 약속이라도 하면 돌아갈 수 있나요?"

"왜요?"

노부인은 재미있다는 듯 물었다.

"왜냐고요?"

에디는 반문했다. 그는 차갑지 않은 눈을 맨손으로 닦아 냈으나 물기가 느껴지지 않았다. 그가 다시 말했다.

"왜냐고요? 왜냐면 이곳이 제게는 납득이 되지 않으니까요. 천국에 오면 천사가 되어야 할 텐데. 천사 같은 기분은 느껴지지 않으니까요. 모든 게 이해되지 않아요. 내 죽음마저도 기억할 수가 없어요. 기억나는 것은 어린아이의 두 손뿐이에요. 내가 구하려고 한 그 아이의 손 말이에요. 아이를 당기고 있었는데. 그래서 손을 잡았을 텐데. 바로 그때 내가……."

그는 어깨를 으쓱했다.

"죽었어요? 세상을 떠났나요? 옮겨 왔어요? 창조주를 만났나요?"

노부인이 미소를 지으며 반문했다.

"죽었죠. 기억나는 건 그뿐이에요. 그런데 당신이랑 다른 사람들이 나타났죠. 원래는 죽으면 평온해져야 하는 거 아닌가요?"

"자기 자신과 평온해지면 모든 게 평온해지죠."

노부인이 말했다.

"아뇨, 그런 게 아니죠."

에디는 고개를 저었다. 전쟁 이후 매일 느끼던 혼란에 대해 털어놓을까 고민했다. 그 악몽들. 뭘 봐도 심드렁한 마음. 선창가에 혼자 나가서 그물에 걸린 물고기를 보면, 함정에 빠져 무력해진 채 달아나지 못하는 자신을 보는 것 같아 난감했는데.

그는 노부인에게 그런 말을 하지 않았다.

"언짢아하지 마세요, 부인. 하지만 저는 부인을 모르겠어요."

"하지만 난 당신을 알아요."

에디는 한숨을 쉬었다.

"그래요? 어떻게요?"

"잠시 후면 알게 될 거예요."

노부인이 말했다.

앉을 데가 없는데도 그녀는 앉았다. 그냥 공중에 몸을 앉히더니, 숙녀답게 다리를 포개고, 허리를 꼿꼿이 폈다. 산들바람이 불자 에디는 희미한 향수 냄새를 맡았다.

"아까 말했듯이 난 일을 하러 다녔어요. '해마 그릴'이라는 곳에서 음식을 나르는 일을 했지요. 당신이 자라던 바닷가 부근에 있는 곳이에요. 기억하겠지요?"

부인이 식당 쪽을 가리키자 에디 앞에 모든 게 다시 나타났다. 아, 그래. 거기. 그 역시 그곳에서 아침 식사를 하곤 했다. 사람들은 그곳을 '싸구려 식당'이라고 불렀다. 오래전에 없어졌는데.

"부인이요? 부인이 해마 그릴의 종업원이었다고요?"

에디가 말했다.

그가 이해할 수 없다는 표정을 지어 보이자 노부인은 당당하게 말했다.

"그래요. 난 부두 노동자들에게 커피를 나르고, 인부들에게 게살과 베이컨을 갖다 줬지요. 그 시절에 나는 매력적인 아가씨였어요. 프러포즈도 많이 거절했지요. 언니들은 그런 나를 보며 '네가 뭔데 그렇게 콧대가 높아? 그러다가 혼기 놓쳐서 노처녀 되겠다.'라고 잔소리를 늘어놓았어요.

그러던 어느 날, 근사하게 생긴 신사가 식당으로 들어왔어요. 그런 미남은 처음 봤지요. 그는 줄무늬 양복에 중산모를 쓰고 있었어요. 검은 머리카락을 깔끔하게 자르고, 콧수염을 기른 얼굴에는 미소가 넘쳤지요. 내가 음식을 가져가자 목례를 했는데, 나는 그를 쳐다보지 않으려고 애를 써야 했어요. 하지만 그가 동료에게 이야기를 할 때마다, 그의 묵직하고 자신감 넘치는 웃음소리가 귀에 들어왔어요. 그가 내 쪽을 쳐다보는 걸 두 번이나 봤지요. 그는 계산을 하다가 자기 이름이 에밀이라면서 찾아와도 되겠냐고 물었어요. 그 순간 알았죠. 빨리 신랑감을 고르라는 언니들에게 시달릴 필요가 없겠다는 걸요.

우리는 연애 기간 내내 즐거웠어요. 에밀은 돈이 많은 사람이었거든요. 그는 그때까지 가 보지 못한 곳에 날 데려갔고, 내게 어울릴지 상상해 본 적도 없는 옷을 사 줬어요. 가난한 생활을 하느라 맛보지 못한 근사한 식사를 하게 해 줬고요. 에밀은 목재와 철강에 투자해서 벼락부자가 된 사람이었어요. 돈을 펑펑 썼고 위험한 일에도 투자했지요. 어떤 아이디어가 떠오르면 곧바로 달려드는 사람이었지요. 에밀이 나 같은 가난한 여자한테 끌린 것도 그 때문이었을 거예요. 그는 부유하게 태어난 사람들을 혐오했고, 그런 '잘난 체하는 사람들'은 하지 않을 일들을 즐겨 했지요. 그래서 바닷가의 휴양 시설을 찾아다녔죠. 그는 구경거리며 짠 음식, 집시, 점쟁이, 다이빙하는 여자들을 아주 좋아했어요. 또 우리 둘 다 바다를 사랑했지요.

어느 날, 발목까지 물이 잠기는 모래밭에 앉아 있는데, 그가 내게 청혼했어요. 난 정말 기뻤고, 그 자리에서 허락했지요. 그때 바다에서 아이들이 노는 소리가 들렸어요. 에밀은 잠깐 생각에 잠기더니 나를 위해 공원을 만들어 주겠다고 약속했어요. 이 순간의 행복을 붙잡아 두기 위해서…… 영원히 젊음을 간직하기 위해서 그러겠다고요."

부인은 미소를 지으며 말을 이었다.

"에밀은 약속을 지켰어요. 몇 년 후, 그는 철도 회사와 계약을 성사시켰는데, 철도 회사는 주말에 승객을 늘릴 방도를 찾고 있었죠. 놀이공원들이 대개 그래서 생기잖아요."

에디는 알고 있었다는 듯이 고개를 끄덕였다. 사람들은 요정들이 사탕 막대기로 요술을 부려 놀이공원을 만든다고 생각했다. 그러나 사실 놀이공원은 철도 회사가 돈을 벌려고 벌이는 사업이었다. 기차 통근을 하는 사람들이 주말에도 기차를 이용하게 하려고 종착역 부근에 놀이공원을 세웠다. 예전에 에디는 '내가 어디서 일하는지 알아? 종착역이라고. 종착역에서 일한다고.'라는 생각을 자주 했다.

노부인이 계속 설명했다.

"에밀은 이미 확보하고 있던 목재와 철강으로 대규모 방파제를 세워 아주 멋진 장소를 확보했어요. 그런 다음 마법 같은 기구를 들여왔어요. 프랑스에서 회전목마를 수입했고, 페리스 회전 바퀴는 독일에서 열린 국제 전시회에서 들여왔지요. 탑과 뾰족탑이 있었고, 수백 개의 백열등 때문에 밤이면 어찌나 환했는지, 바다에 떠 있는 배 위에서도 공원이 보였어요.

에밀은 동네 사람들, 서커스 단원들, 외국인 근로자들을 수백 명이나 고용했어요. 동물들과 줄 타는 사람들, 어릿광대도 데려왔지요. 마지막으로 정문이 완성되었는데 정말 웅장했어요. 다들 그렇게 말했지요. 정문이 완성되자 에밀은 내 눈을 가리고 날 정문으로 데려갔어요. 그때 난 처음으로 정문을 봤지요."

노부인은 에디에게서 한 발자국 물러났다. 그녀는 실망스러운 듯 에디를 쳐다봤다.

"정문 말이에요. 기억나지 않나요? 이름에 대해 궁금했던 적이 없어요? 당신이 일했던 곳인데요? 아버지가 일하던 곳인데요?"

그녀가 흰 장갑을 낀 손으로 자기 가슴을 가볍게 건드렸다. 그리고 자기소개를 하는 사람처럼 천천히 말했다.

"내가 루비예요."

에디는 서른셋

 서른세 살이 되던 날. 그날 새벽 에디는 숨이 막혀 오는 느낌에 퍼뜩 잠에서 깼다. 숱 많은 검은 머리카락이 땀으로 범벅이 되어 있었고, 눈을 깜빡여 보아도 눈앞의 어둠이 쉽사리 떨쳐지지 않았다. 에디는 주먹과 팔에 시선을 맞추고는, 이곳에 있다는 사실을 확인하려고 필사적으로 매달렸다. 전쟁터도, 그 마을도, 그 화염 속도 아닌, 제과점 위층 아파트에 있다는 사실을 확인하고 싶었다. 그 꿈. 멈출 날이 있을까?

 4시가 되기 직전이었다. 다시 잠에 들 수가 없었다. 에디는 호흡이 가라앉을 때까지 기다리다가 아내를 깨우지 않으려고 천천히 침대에서 내려왔다. 오른쪽 다리를 먼저 침대에서 내렸는데, 그렇게 해야만 왼쪽 다리가 뻣뻣해지지 않기 때문이었다. 그는 매일 아침 똑같은 아침을 맞았다. 한 다리는 걷고, 한 다리는 절름거리고.

 욕실. 에디는 거울로 핏발 선 눈을 살펴보고는 얼굴에 찬물을 끼얹었다. 언제나 똑같은 꿈이었다. 전쟁터에서의 마지막 밤. 화염 속에서 헤매는 꿈. 마을의 오두막은 완전히 불길에 휩싸였고, 귀에 거슬리는 끽끽 소리가 계속해서 들렸다. 보이지 않는 것이 그의 다리를 쳤다. 찰싹 때려 보지만 늘 박자를 놓치곤 했다. 다시 찰싹, 찰싹. 불길이 점점 거세지면서 엔진처럼 으르렁대는 소리가 났고, 그때쯤이면 스미티가 나타나서 그를 불렀다. "어서 와! 빨리 오라고!" 에디는 대꾸하려 했지만, 입을 벌리면 목구멍에서 끽끽 소리가 날 뿐이었다. 그때 뭐가 그의 다리를 움켜잡더니, 진흙탕 아래로 잡아당겼다.

그 순간 그는 잠에서 깨곤 했다. 식은땀이 나고 숨이 차올랐다. 언제나 똑같은 꿈이었다. 가장 고약한 괴로움은 불면증이 아니라 꿈이 남기는 어둠이었다. 그것은 하루를 뿌옇게 흐려 놓았다. 행복한 순간조차도 뭔가에 휩싸여 있는 듯한 느낌이었다. 두꺼운 얼음장 밑에 숨어 있는 검은 구멍 같았다.

에디는 조용히 옷을 입고 아래층으로 내려갔다. 택시는 늘 주차해 두는 도로변이에 세워져 있었다. 운전석에 앉으며 앞 유리창의 습기를 닦아 냈다. 마거릿에게는 그 어둠에 대해 말하지 않았다. 한번은 그녀가 그의 머리칼을 쓰다듬으면서 물었다.

"왜 그래요?"
"아무것도 아니야. 그냥 힘이 없어서 그래."

세 번째 만남 163

그걸로 끝이었다. 그를 행복하게 해 주고 싶어 하는 아내에게 어떻게 그런 슬픔을 설명할 수 있을까? 그 자신에게도 설명할 수 없는 일인데. 그가 아는 것은, 뭔가 앞에 끼어들어 길을 막았다는 사실뿐이었다. 결국 그는 모든 걸 포기했다. 기계공학을 공부하겠다는 꿈도, 여행을 떠나려는 마음도 접고 주저앉아 버렸다. 그리고 거기 남아 있었다.

그날 밤, 에디는 일을 마치고 집에 도착해 모퉁이에 택시를 세우고 천천히 계단을 올라갔다. 그의 집에서는 귀에 익은 노랫소리가 들렸다.

> 당신은 나를 사랑하게 만들었죠.
> 그러고 싶진 않았는데.
> 그러고 싶진 않았는데…….

그가 문을 열자, 식탁 위에 케이크와 리본으로 묶은 흰색 봉지가 놓여 있는 것이 눈에 들어왔다.
"당신이에요?"
마거릿이 침실에서 소리쳤다.
그는 먼저 흰 봉지를 집어 들었다. 태피 사탕이었다. 루비 가든에서 사 온 것이다.
"생일 축하합니다…….."

마거릿이 달콤한 목소리로 노래하며 침실에서 나왔다. 그녀는 에디가 좋아하는 드레스를 입었는데, 머리를 매만지고 립스틱까지 발라 더할 수 없이 아름다운 모습이었다. 에디는 이런 순간을 누릴 자격이 없는 사람처럼 멍하니 서 있었다. 그는 내면의 어둠과 싸우고 있었다. '날 내버려 둬. 즐겁게 느끼도록 내버려 두라고.' 그는 어둠에게 외쳤다.

마거릿은 노래를 마치고는 그의 입술에 키스를 했다.

"태피 사탕 집기 놀이를 해 볼까요?"

그녀가 속삭였다. 이번에는 에디가 아내에게 키스했다.

그때 누군가 문을 두드렸다.

"에디! 안에 있나, 에디?"

제과점 주인 나탄슨 씨의 목소리였다. 그는 가게 뒤쪽의 아파트에 살았는데, 그의 집에는 전화가 설치되어 있었다. 에디가 문을 열자, 목욕 가운을 걸친 그가 걱정스런 표정을 짓고 문간에 서 있었다.

"에디, 내려와 보게. 전화가 왔네. 자네 아버지에게 무슨 일이 생긴 모양이야."

"내가 루비예요."

에디는 그제야 왜 부인의 얼굴이 익숙했는지 깨달았다. 놀이공원이 개장할 당시의 운영 지침서와 서류 속에서 사진을 본 적이 있었다.

"옛날 정문이……"

에디가 말했다.

그녀가 고개를 끄덕였다. 처음에 있던 루비 가든의 정문에는 커다란 아치형 구조물이 있었다. 역사적인 프랑스 교회를 본떠 만든 것으로, 세로 홈을 판 기둥이 있었고, 꼭대기에 둥근 지붕이 있었다. 그리고 둥근 지붕 바로 밑, 관람객이 드나드는 곳에 아름다운 여인의 얼굴 그림이 있었다. 이 여인. 루비였다.

에디가 말했다.

"하지만 그건 오래전에 없어졌는데요. 큰……"

그가 말꼬리를 흐렸다.

"화재가 났지요. 맞아요. 아주 큰 화재였어요."

루비는 턱을 당기고 눈을 내리깔았다. 무릎 위에 놓인 뭔가를 읽기라도 하듯이.

"독립기념일이었어요. 7월 4일. 국경일이었죠. 에밀은 국경일은 장사가 잘된다며 좋아했어요. 독립기념일에 손님이 많으면, 여름 내내 장사가 잘될 거라고 했지요. 그래서 에밀은 불꽃놀이를 준비시켰고 고적대도 데려왔지요. 임시 직원도 더 뽑았어요. 주로 주말에만 일하는 부두 인부들이었지요.

그런데 독립기념일 전날 밤에 사건이 터지고 말았어요. 그날은 해가 진 뒤에도 무척 더워서 임시 직원 몇이 창고 뒤편 야외에서 자기로 했나 봐요. 그 사람들은 음식을 구워 먹으려고 드럼통에 불을 피웠지요. 밤이 되자 술판을 벌이며 흥청댔고, 가볍게 불꽃놀이를 하려고 화약을 꺼내 불을 붙였어요. 그때 바람이 불어 불똥이 튀었죠. 그 시절에는 모든 게 타르와……"

그녀가 고개를 저으며 말을 이었다.

"나머지 일들은 순식간에 벌어졌어요. 불이 중앙 통로로 번지면서 음식 가판대와 동물 우리에 옮겨 붙었어요. 물론 임시 직원들은 달아났지요. 누군가 집으로 우리를 깨우러 왔을 즈음, 루비 가든은 화염에 휩싸여 있었어요. 집의 창문으로 무시무시한 주황색 불길을 봤지요. 소방서에서 달려오는 말발굽 소리와 증기 엔진 소리가 났어요. 사람들은 거리로 뛰쳐나왔어요.

나는 남편에게 가지 말라고 매달렸지만 소용없었어요.

당연히 에밀은 가 보려 했지요. 성난 불길이 일어나는 곳으로 가서, 오랜 세월 공들여 세운 것을 구하려 했어요. 결국 분노와 절망에 빠졌고, 정문이 불길에 휩싸이자……. 내 이름과 그림이 붙은 정문이 타는 것을 보자 그는 자기가 어디 있는지 잊어버렸어요. 남편이 물을 담은 양동이를 막 부으려는 순간 기둥이 머리 위로 무너져 내렸어요."

노부인은 손가락을 모아 입술에 대고 말을 이었다.

"하룻밤 사이에 우리 인생은 영영 바뀌고 말았지요. 에밀은 배짱 두둑하게 모험을 즐기는 사람이어서 최소한의 보험만 들었거든요. 전 재산이 날아갔고, 내게 준 황홀한 선물도 사라져 버렸지요. 그는 절망감에 빠져서 잿더미가 된 부지를 펜실베이니아의 사업가에게 헐값으로 팔아넘겼어요. 그 사람은 '루비 가든'이라는 이름을 계속 사용했고, 시간이 흐른 뒤에 재개장했어요. 하지만 이제는 우리 소유가 아니었지요. 에밀은 몸도 마음도 망가졌어요. 3년이 지난 후에야 겨우 혼자서 걸을 수 있었지요. 우리는 이사했어요. 도시 외곽에 있는 작은 아파트로 가서 소박한 생활을 했지요. 나는 다친 남편을 간호하면서 조용히 소망 하나를 품었어요."

루비가 말을 멈추었다.

에디가 물었다.

"어떤 소망이죠?"

"그이가 루비 가든을 세우지 않았으면 좋았을 거라는 소망이었지요."

노부인은 말없이 앉아 있었고 에디는 드넓은 옥빛 하늘을 올려다봤다. 똑같은 생각을 얼마나 많이 했던가. 루비 가든을 만든 사람이 누구든, 그 돈을 다른 데 썼으면 좋았을 거라는 생각을 정말 많이 했는데.

"남편 일은 정말 안됐습니다."

달리 해 줄 말이 떠오르지 않았다. 루비는 생긋 웃었다.

"고마워요. 하지만 우리는 그 화재 사건 이후로도 세 아이를 키우며 오래도록 살았어요. 에밀이 아파서 입원과 퇴원을 반복했지만요. 내가 쉰이 조금 넘었을 때 에밀은 저세상으로 떠났지요. 이 얼굴의 주름이 보이지요?"

그녀는 뺨을 약간 들면서 말을 이었다.

"주름 하나하나에 다 사연이 있지요."

에디는 얼굴을 찌푸리며 대꾸했다.

"전 이해가 안 갑니다. 혹시 우리가…… 만난 적이라도 있습니까? 루비 가든에 오신 적이 있나요?"

"아니요. 다신 그곳을 보고 싶지 않았어요. 우리 애들과 손자들이야 그곳에 갔지만 난 가지 않았어요. 내가 꿈꾸는 천국은 바다에서 멀리멀리 떨어진 곳이었어요. 내겐 북적이던 식당이 바로 천국이었죠. 소박한 생활을 하고, 에밀과 연애하던 그 시절 말이에요."

에디는 관자놀이를 문지르며 말했다. 숨을 내쉬니 하얀 입김이 나왔다.

"그런데 왜 제가 여기 있는 거지요? 부인의 사연이나 화재, 그런 것은 제가 태어나기 전의 일이잖습니까?"

"사람은 태어나기 전에 일어난 일의 영향을 받게 마련이에요. 앞서 산 사람들이 영향을 미치기도 하고요. 우리가 매일 다니는 곳은, 우리 이전의 사람들이 없었다면 있지도 않았을 거예요. 우리가 그토록 많은 시간을 보내는 직장도 그렇고요."

노부인은 손가락을 톡톡 부딪치며 말을 이었다.

"에밀이 없었으면 난 남편이 없었을 거예요. 우리가 결혼하지 않았다면 루비 가든은 없었을 테지요. 가든이 없었다면 당신이 거기서 일하다가 생을 마감하는 일도 없었을 거고요."

에디는 머리를 긁적이며 대꾸했다.

"그럼, 저한테 직장에 대해 말씀하시려고 여기 계신 건가요?"

루비는 부드러운 목소리로 대답했다.

"그게 아니에요. 당신 아버지가 왜 죽었는지 말해 주려는 거예요."

어머니에게서 걸려 온 전화였다. 아버지가 그날 오후 해변의 나무 산책로 동쪽 끝, 로켓 기구 부근에서 쓰러지셨다고 했다. 열이 펄펄 끓는다면서.
"에디, 두렵구나."
어머니가 떨리는 목소리로 말했다. 그녀는 며칠 전 밤의 일을 이야기했다. 아버지는 새벽에 홀딱 젖어서 집에 돌아왔다고 했다. 옷은 모래투성이였고 신발 한 짝도 잃어버린 채였다. 어머니는 아버지에게서 바다 냄새가 났다고 말했다. 에디는 술 냄새도 났을 거라고 짐작했다.
어머니가 설명했다.
"기침을 심하게 하셨단다. 상태가 악화되었지. 그때 당장 의사를 부르는 건데……"
어머니가 말꼬리를 흐렸다. 그날 아버지는 아픈 몸으로 출근했다. 언제나처럼 연장 꽂는 벨트와 망치를 챙겨서 갔다. 그런데 그날 밤 돌아와서는 먹지도 않고 잠자리에 들어, 연신 마른기침을 하면서 씨근댔다. 그리고 속옷이 흠뻑 젖도록 땀을 흘렸다. 다음 날은 몸이 더 안 좋아지더니 결국 오후에 쓰러지고 말았다.

"병원에서는 폐렴이라더구나. 아, 내가 조치를 취했어야 했는데. 내가 어떻게 했어야 했는데……."

"어머니가 뭘 어쩔 수 있었나요?"

에디는 어머니가 책임을 떠안는 데 화가 났다. 아버지가 그렇게 된 건 술을 먹고 사고를 쳤기 때문인데.

전화선을 타고 어머니의 울음소리가 들려왔다.

아버지는 너무 오래 바닷가에 살아서, 숨을 쉬면 바닷물이 들어오는 것 같다고 말하곤 했다. 그런데 이제 바닷가에서 떨어진 병원에 누워 있자니, 뭍에 오른 물고기처럼 몸이 더 쇠약해지기 시작했다. 합병증이 찾아왔고, 가슴에 응어리가 생겼다. 그저 그만한 상태에서 안정을 찾았다가 다시 심각한 상태로 변했다. 친구들은 "하루면 집에 가겠다."라고 말했다가 "일주일 후면 집에 가겠지."라고 말을 바꾸었다. 아버지가 결근하자 에디가 공원에 나가 일을 도왔다. 택시 운전을 마치고 저녁에 나가서, 선로에 기름칠을 하고 브레이크 페달을 점검했다. 레버를 테스트하고 정비실에서 고장 난 부품을 고치기까지 했다.

에디는 아버지의 일자리를 잃지 않기 위해서 그렇게 일했다. 공원 주인이 그의 노력을 높이 사서 아버지가 받던 급료의 절반을 주었다. 에디는 그 돈을 어머니에게 전했다.

어머니는 밤낮없이 아버지의 병상을 지켰다. 에디와 마거릿은 어머니의 아파트를 청소하고 장을 봤다.

10대 시절, 에디가 공원 일이 따분하다고 불평하면 아버지는 "뭐야? 네가 그렇게 잘났어?"라고 쏘아붙이곤 했다. 나중에 에디가 고등학교를 졸업하자, 그는 공원에 취직하라고 권했다. 에디가 웃음을 터뜨리려 하자, 아버지는 또다시 "뭐야? 네가 그렇게 잘났어?"라고 쏘아붙였다. 에디가 전쟁에 나가기 전에도, 마거릿과 결혼해서 엔지니어가 되겠다고 말할 때도, 아버지는 "뭐야? 네가 그렇게 잘났어?"라고 톡 쏘았다.

그런 일이 있었는데, 이제 에디가 여기 루비 가든에서 아버지가 하던 일을 하고 있었다.

결국 어느 날 밤, 어머니의 채근에 못 이겨 에디는 병원으로 갔다. 천천히 병실 문을 열고 들어갔다. 오랜 세월 에디와 말을 안 하고 살아온 아버지는 이제 힘이 없었다. 그는 퉁퉁 부은 눈으로 아들을 쳐다봤다. 에디는 한마디라도 하려고 안간힘을 썼지만, 딱 한 가지만 생각날 뿐이었다. 그는 양손을 들어 기름때 묻은 손톱을 아버지에게 보였다.

정비실에서 같이 일하는 사람이 말했다.

"걱정 말게. 자네 아버지는 잘 버틸 거야. 그렇게 끈질긴 사람은 못 봤거든."

부모는 자식을 놓아 주지 않는다. 그러나 자식이 부모를 놓아 버린다. 자식들은 부모를 벗어나고 떠나 버린다. 예전에는 어머니가 칭찬하거나 아버지가 고개를 끄덕여 주는 것으로 그들의 존재가 확인됐지만, 이제는 스스로 업적을 이루어 간다. 자식은 나중에 피부가 늘어지고 심장이 약해진 후에야 아버지를 이해하게 된다. 그들이 살아온 내력과 성과가 부모의 사연과 업적 위에 쌓이는 것임을. 돌을 쌓듯 차곡차곡 쌓여 간다는 것을. 그들의 삶이라는 물살 속에 그렇게 쌓여 있음을 이해하는 것이다.

아버지가 세상을 떠났다는 소식을 듣자 에디는 말할 수 없이 공허한 분노를 느꼈다. 간호사는 아버지가 우유라도 사러 간 것처럼 '가 버리셨다'고 말했다. 결국 아버지는 평생 새장 안에서 맴돌며 산 것이라는 생각이 들었다. 에디는 노동자의 아들들이 그렇듯, 아버지가 평범한 삶과 맞서서 영웅적인 죽음을 맞이할 거라고 상상했다. 하지만 바닷가에서 인사불성이 되었던 취객에게 영웅적인 면은 눈곱만치도 없었다.

다음 날, 그는 부모님의 아파트로 갔다. 두 분의 침실로 가서, 아버지의 흔적이라도 찾으려는 듯 서랍을 몽땅 뒤졌다. 동전, 넥타이핀, 작은 브랜디 병, 고무 밴드, 전기료 고지서, 펜, 인어가 그려진 라이터……. 에디는 마침내 카드

한 벌을 찾아냈다. 에디는 카드를 주머니에 넣었다.

장례식은 소박하고 간단했다. 얼마 동안 어머니는 미망 속에 살았고, 남편이 곁에 있는 것처럼 말을 걸었다. 남편에게 라디오 볼륨을 줄이라고 소리쳤고, 음식도 둘이 먹을 만큼 준비했다. 베개도 두 개 모두 털어 푹신하게 만들었다. 자는 사람은 한 명뿐인데도.

그러던 어느 날 밤, 에디는 어머니가 조리대에 접시를 쌓아 둔 걸 봤다.

"제가 도와 드릴게요."

에디가 말하자 어머니가 대꾸했다.

"아니다, 됐어. 네 아버지가 치우실 게다."

에디는 어머니의 어깨를 잡고 부드럽게 말했다.

"어머니, 아버지는 떠나셨어요."

"떠나다니, 어딜?"

다음 날, 에디는 택시 회사의 배차 담당자에게 가서, 일을 그만두겠다고 말했다. 2주 후, 그는 마거릿과 짐을 싸서 어머니가 사는 건물로 이사했다. 에디가 자랐던 비치우드가의 아파트 6B호였다. 좁은 골목에 있는 그 아파트는 부엌 창문으로 회전목마가 보였다. 에디는 어머니를 지켜볼 수 있는 일자리를 구했다. 매년 여름마다 배운 일, 루비 가든의 정비사가 된 것이다. 에디는 이런 말을 누구에게도 내뱉지 않았지만, 죽은 아버지를 원망했다. 벗어나려고 애쓰던 그 생활을 할 수밖에 없도록 발목을 붙들다니. 아버지가 무덤 속에서 웃는 것 같았다. 그러나 에디는 곧 이 일이 자신에게 썩 잘 어울린다는 생각을 하게 되었다.

서른일곱 번째 생일

서른일곱 살. 아침 식사가 식어 가고 있었다.

"소금이 어디 있지?"

에디가 노엘에게 물었다. 노엘은 입 안 가득 소시지를 넣고 우물거리면서 옆 테이블에 놓인 소금병을 집어 들었다.

소금병을 건네며 그가 우물우물 말했다.

"여기 있네. 생일 축하해."

에디는 소금병을 받아서 짜증을 내듯 마구 흔들었다.

"이 식당은 테이블에 소금병 놓아두는 게 그렇게 힘든가?"

"자네가 식당 지배인도 아닌데, 상관하지 말라고."

노엘이 말하자 에디는 어깨를 으쓱했다. 아침인데 벌써 후덥지근해지고 있었다. 두 사람은 늘 토요일 아침 식사를 같이했다. 노엘은 세탁소에서 일했는데, 에디가 루비 가든의 정비 직원들이 입는 유니폼 세탁을 노엘이 하도록 주선해 주었다.

"이 미남에 대해 어떻게 생각해? 어떻게 대통령에 출마하지? 아직 애 같은데!"

노엘이 불쑥 물었다. 그를 쳐다보니 「라이프」지에 실린 젊은 대통령 후보의 사진을 뚫어지게 보고 있었다. 에디가 어깨를 으쓱하며 대꾸했다.

"우리 또래라고."

"장난 아니야?"

노엘이 눈썹을 치뜨면서 묻더니, 한마디를 덧붙였다.

"대통령이 되려면 나이가 지긋해야 한다고 생각했는데."

"우리도 먹을 만큼 먹었어."

에디가 중얼중얼 대꾸했다.

노엘은 잡지를 덮고, 낮은 목소리로 물었다.

"이봐. 브라이튼에서 일어난 사고 얘기 들었어?"

에디는 고개를 끄덕이고 나서 커피를 한 모금 마셨다. 놀이공원. 곤돌라. 뭔가 툭 끊어졌고, 엄마와 아들이 18미터 높이에서 떨어졌다고 했다.

노엘이 다시 물었다.

"거기 직원 중 아는 사람이 있나?"

이런 종류의 소식은 가끔 듣고 있었다. 다른 놀이공원에서 일어난 사고 소식. 에디는 말벌이 귀 옆에서 윙윙대기라도 하듯이 몸을 떨었다. 그가 정비를 하고 있는 이곳 루비 가든에서도 얼마든지 일어날 수 있는 사고였다. 그런 걱정을 하지 않고 지내는 날은 하루도 없었다.

에디가 말했다.

"아니. 브라이튼에는 아는 사람 없어."

그는 창밖으로 시선을 옮겼다. 해변으로 가는 사람들이 기차역을 빠져나오고 있었다. 수건과 우산, 샌드위치가 담긴 대나무 바구니를 든 사람들. 새로 나온 가벼운 접이식 알루미늄 의자를 든 사람도 있었다. 밀짚모자를 쓴 노인이 시거를 피우며 지나갔다.

에디가 말했다.

"저 사람 좀 봐. 분명히 나무 산책로에 시거를 던질 거라고."

"그래? 그래서?"

"나무 산책로에 떨어져서 타기 시작하겠지. 나무에 바른 화학약품 때문에 냄새가 날 거야. 물론 연기도 나겠지. 어제도 네 살도 안 된 아이가 시거 꽁초를 주워 입에 넣는 것을 붙들었다니까."

노엘이 눈살을 찌푸리며 대꾸했다.

"그래서?"

에디는 다시 시선을 다른 곳으로 돌렸다.

"그래서 뭐긴. 사람들이 더 조심해야 된다 이거지."

노엘이 소시지를 입에 떠 넣으면서 말했다.

"자네는 정말 웃긴다니까. 자기 생일날 늘 이렇게 재미있게 지내나?"

에디는 더 이상 대답하지 않았다. 오랜 어둠이 옆자리를 차지하고 있었다. 이제는 거기에 익숙해져서, 혼잡한 버스에서 옆 사람에게 자리를 내주듯 자리를 비켜 주었다.

그는 그날 정비실에서 처리해야 할 일에 대해 생각하기 시작했다. '놀이집'에서 깨진 거울을 갈고, 범퍼카의 충격 완화 장치를 새로 달아야지. 그는 브라이튼 공원에서 사고를 당한 사람들을 떠올렸다. 누가 책임자인지 궁금했다.

"오늘 몇 시에 끝나나?"
"바쁠 거야. 여름이잖아. 토요일이고. 어떤지 알잖나."
노엘이 또 눈썹을 치뜨고 물었다.
"경마장에 6시까지는 갈 수 있겠지?"
에디는 마거릿을 생각했다. 노엘이 경마장 얘기를 꺼낼 때면 늘 아내가 떠올랐다.
"그러지 말고 가자고. 오늘은 자네 생일이잖아."
노엘이 말했다.
에디는 포크로 달걀을 찍었다. 이제 너무 식어서 먹을 수가 없게 되었다.
"알았어."
그가 대답했다.

"놀이공원 일이 그렇게 나빴나요?"

노부인이 묻자 에디는 한숨을 내쉬며 대답했다.

"제가 선택한 일이 아니었으니까요. 어머니에게 도움이 필요했거든요. 일이 계속해서 이어졌습니다. 세월이 흘러갔고, 저는 떠나지 못했어요. 다른 데서는 살지 못했죠. 진짜 돈도 벌어 보지 못했고요. 뭔가에 익숙해진다는 게 어떤 건지 아시잖아요. 사람들이 나한테 의지하고, 어느 날 깨어 보면 화요일인지 목요일인지 구분이 되지 않지요. 똑같이 지겨운 일만 반복해요. '정비 아저씨'가 되어서……, 꼭……."

"아버지처럼요?"

에디는 아무 말도 하지 않았다.

"그가 당신을 힘들게 했지요."

에디는 눈을 내리깔고 대답했다.

"네. 그래서요?"

"아마 당신도 그를 힘들게 했을 거고요."

"그래요? 아닐 거예요. 아버지가 내게 마지막으로 말할 때 어땠는지 아세요?"

"당신을 때리려 했을 때 말이군요."

에디는 그녀를 쏘아보았다.

"내게 마지막으로 한 말이 뭔지 아세요? '직장을 구하라.'였지요. 대단한 아버지죠."

노부인은 입술을 살짝 물더니 말했다.

"당신은 그 후 일을 시작했지요. 앞가림을 했고요."

에디는 분노가 치솟는 것을 느끼며 쏘아붙였다.

"당신은 그 양반을 몰라요."

"맞는 말이에요. 하지만 난 당신이 모르는 걸 알아요. 이제 그걸 당신에게 가르쳐 줄 때가 됐네요."

루비는 파라솔 끝으로 눈밭에 원을 그렸다. 에디가 그 원을 바라보자 시야가 구멍 안으로 빨려 들어가 다른 순간으로 접어드는 것 같았다. 이미지가 선명했다. 오래전, 예전에 살던 아파트였다.

눈에 들어온 광경은 이랬다. 어머니가 걱정스런 표정으로 부엌 식탁에 앉아 있고, 미키 셰이가 맞은편에 앉아 있었다. 미키는 끔찍해 보였다. 몸이 젖은 채 양손으로 이마를 문지르더니 코를 만졌다. 그가 흐느껴 울기 시작하자 어머니는 그에게 물 한 잔을 가져다주었다. 그녀는 미키에게 기다리라는 손짓을 하고, 침실로 들어가 문을 닫았다. 신발을 벗고 집에서 입는 드레스도 벗었다. 그리고 블라우스와 스커트에 손을 뻗었다.

에디는 방을 다 볼 수 있었지만, 두 사람의 말소리는 듣지 못했다. 웅웅 하는 소음만 들릴 뿐이었다. 부엌에 있던 미키는 물잔을 거들떠보지도 않고, 상의에서 술통을 꺼내 들이켰다. 그리고 느릿느릿 일어나더니 갈지자걸음으로 걸어가 침실 문을 열었다.

에디는 어머니가 옷을 반쯤 벗은 채 놀라서 돌아보는 것을 보았다. 미키가 흔들흔들 서 있었다. 어머니는 가운을 걸쳤다. 미키가 점점 더 가까이 오자 어머니는 본능적으로 손을 뻗어 그를 밀쳤다. 미키는 잠깐 꼼짝 않고 서 있더니 어머니의 손을 움켜잡고 벽으로 밀었다. 그러고는 그녀의 허리를 부여잡고 몸을 기댔다. 어머니는 움찔하면서 비명을 지르고 그의 가슴을 밀어냈다. 가운 앞섶을 꼭 움켜쥔 채로. 어머니보다 훨씬 체구가 크고 힘이 센 미키는 수염 난 꺼칠한 얼굴을 그녀의 뺨에 비벼 댔다. 그녀의 목덜미에 눈물이 얼룩졌다.

그때 현관문이 열리고 에디의 아버지가 들어섰다. 비에 맞아 젖은 채였고, 허리띠에는 망치가 매달려 있었다. 그는 침실로 뛰어 들어가 미키가 아내를 껴안고 있는 광경을 목격했다. 그는 고래고래 고함을 질러 대며 망치를 들었다. 미키는 양손으로 머리를 가린 채 에디의 아버지를 밀치며 문으로 달려갔다. 어머니는 울고 있었다. 가슴이 들먹거렸고, 얼굴에는 눈물이 줄줄 흘렀다. 아버지가 그녀의 어깨를 움켜쥐고 마구 흔들었다. 그녀가 걸친 가운이 흘러내렸다. 두 사람은 소리를 질렀다. 아버지는 아파트에서 뛰쳐나가면서 망치로 램프를 부숴 버렸다. 그는 쿵쾅쿵쾅 계단을 내려가서 비 내리는 밤 속으로 뛰어들었다.

"저게 뭡니까? 도대체 저게 뭡니까?"
에디가 믿을 수 없다는 듯 소리쳤다.
루비는 아무 말도 없었다. 그녀는 눈밭에 그려진 원 옆으로 다가서서 원을 하나 더 그렸다. 에디는 내려다보지 않으려고 애를 썼지만 어쩔 수가 없었다. 그는 다시 고개를 떨어뜨렸고, 그의 눈에 장면이 잡혔다.

루비 가든의 맨 가장자리에 비가 내리쳤다. 좁은 방파제가 바다 쪽으로 나 있었고, 하늘은 검푸른 색이었다. 미키 셰이는 비틀거리며 방파제 끝으로 다가갔다. 그는 잠시 누워서 검은 하늘을 올려다보다가 나무 난간 밑으로 굴러가 바다에 빠지고 말았다.

잠시 후 에디의 아버지가 나타났다. 그는 아직도 망치를 손에 들고 여기저기 걸어 다니다가, 난간을 붙잡고 바다를 바라봤다. 바람이 불어 빗줄기가 들이쳤다. 옷은 흠뻑 젖었고, 연장을 꽂는 가죽 벨트는 물에 불어 검은색으로 변했다. 그는 파도 사이에서 뭔가를 봤다. 연장 벨트를 풀고 구두 한 짝을 벗었다. 나머지도 벗으려다가 포기하고 물로 풍덩 뛰어들었다.

미키는 밀려오는 파도 위로 계속 떠올랐다 가라앉았고, 의식이 반쯤 나간 상태에서 연신 노란 포말을 삼켰다. 에디의 아버지는 바람 부는 바다에서 소리를 지르며 미키에게 헤엄쳐 갔다. 그가 미키의 몸을 잡자 미키는 팔을 휘둘렀다. 에디의 아버지도 팔을 휘둘렀다. 하늘에 천둥이 치면서 빗줄기가 그들 위로 내리쳤다. 두 사람은 부둥켜안고 팔을 마구 휘둘렀다.

미키가 기침을 해대자 아버지는 그의 팔을 붙잡아 어깨에 둘렀다. 그는 물속으로 들어갔다가 다시 물 밖으로 나와서, 미키의 몸을 안고 해변 쪽으로 끌었다. 그들이 앞으로 나아가려고 물장구를 치자 파도가 뒤에서 그들을 끌어당겼다. 다시 앞으로 나아갔다. 큰 파도가 밀려왔다 부서졌지만, 에디의 아버지는 미키의 겨드랑이 밑에서 파도를 버텼다. 다리로 물살을 저으면서 앞을 보려고 눈을 계속 깜빡였다.

큰 파도를 타니 갑자기 몸이 해변 쪽으로 밀려갔다. 미키는 신음 소리를 내면서 숨을 헐떡였고 에디의 아버지는 바닷물을 뱉었다. 비가 내리치고 흰 포말이 얼굴에 밀려들자 두 사람은 신음 소리를 내면서 팔을 저었다. 길게만 느껴지던 시간이 지나고, 그들은 마침내 높은 파도에 실려 모래사장으로 밀려갔다. 에디의 아버지는 있는 힘을 다해 미키의 양팔을 붙잡고 부서지는 파도 더미 속에서 그를 끌어내려 애썼다. 파도가 물러가자 그는 마지막으로 미키를 해안으로 끌어올리고 털썩 주저앉았다. 입 속에 모래가 들어갔다.

─ ─ ✦ ─ ─

에디의 시선은 다시 자신의 몸으로 돌아왔다. 마치 자신이 바다에 빠졌던 것처럼 기진맥진했고 머리는 무거웠다. 아버지에 대해 알고 있던 모든 것들이 혼란스럽기만 했다.

"아버지는 뭘 한 겁니까?"

에디가 나직이 물었다.

"친구를 구했지요."

루비가 말했다.

에디는 그녀를 노려보며 쏘아붙였다.

"친구요? 그자가 무슨 짓을 했는지 알면서도 그런 말을 할 수 있나요? 나 같으면 그 고주망태 녀석을 가만두지 않았을 겁니다."

"당신 아버지도 그럴 생각으로 미키를 쫓아갔어요. 아마 죽이려 했을 거예요. 하지만 결국 그러지 못했어요. 미키가 어떤 사람인지 알았으니까요. 그의 단점을 죄다 알았으니까요. 아버지는 그가 취했다는 걸 알았어요. 판단력이 흐리다는 걸 알았지요. 하지만 오래전, 아버지가 직장을 구할 때 루비 가든의 주인에게 가서 일자리를 주선해 준 사람이 미키였어요. 또 당신이 태어났을 때, 없는 돈을 쪼개서 생활비를 보태 준 사람도 미키였지요. 아버지는 오랜 우정을 중요하게 여겼고······."

에디가 말을 끊었다.

"잠깐만요. 그 자식이 어머니에게 한 짓을 봤잖아요."

"봤지요. 미키가 정말 잘못된 행동을 했지요. 하지만 보이는 게 다가 아니랍니다. 미키는 그날 오후에 해고당했어요. 전날 과음해서 아침에 일어나지 못해 제때 출근하지 못했지요. 그러자 상사는 그만두라고 말했어요. 그는 나쁜 소식이 생길 때마다 그렇게 술을 더 마셔 댔고, 당신 어머니를 찾아올 즈음에는 만취 상태였어요. 그는 직장에 계속 다니고 싶었고, 또 그래서 도움을 청하러 찾아왔던 거죠. 당신 아버지는 야근 중이었고, 어머니는 미키를 남편에게 데려가려 했지요.

미키는 거칠긴 했지만 나쁜 사람은 아니었어요. 순간적으로 제정신을 잃어서 어찌할 바를 몰랐지요. 외로움과 간절함 때문에 충동적으로 그런 행동을 했던 거예요. 당신 아버지도 충동적으로 행동했어요. 첫 충동은 그를 죽이는 것이었는데, 마지막 충동은 그를 살려 주는 것이 되었지요."

루비는 파라솔 끝 위로 손을 포갠 뒤 말을 이었다.

"그 때문에 병에 걸렸어요. 해변에서 홀딱 젖은 채, 지쳐서 몇 시간이나 누워 있다가, 겨우 기운을 차려서 집으로 갔으니까요. 아버지는 젊지 않았지요. 벌써 50대였지요."

"쉰여섯이었죠."

에디가 멍하게 말했다.

"그래요. 당신 아버지는 결코 젊지 않은 나이에 바다에서 사투를 벌이느라 힘들었어요. 결국 약해진 몸에 폐렴이 찾아들었고 시간이 지나자 죽음의 그림자가 드리웠어요."

"미키 때문이군요?"

에디가 말했다.

"의리 때문이지요."

"의리 때문에 죽는 사람이 어디 있죠?"

루비는 생긋 웃으며 말했다.

"글쎄. 없을까요? 종교 때문에, 조국 때문에, 가끔은 죽음을 무릅쓰고 의리를 지키는 사람들도 있지요."

에디가 어깨를 으쓱하자 그녀가 말했다.

"다른 사람에게 의리를 지키느라 죽었다면 이보다 더 훌륭한 일은 없어요."

두 사람은 눈 덮인 계곡에 오래 머물렀다. 에디는 그 시간이 정말 길게 느껴졌다. 이제 시간이 얼마나 흘렀을까?

"미키 셰이는 어떻게 됐죠?"

에디가 물었다.

"몇 년 후에 혼자서 죽었어요. 술을 마시다 무덤으로 간 셈이에요. 그런 일을 저지른 자신을 용서하지 않았거든요."

에디가 이마를 문지르며 말했다.

"하지만 아버지는 아무런 말씀도 안 하셨어요."

"그날 밤 일에 대해 말하지 않았지요. 당신 어머니에게도, 그 누구에게도. 아내와 미키와 자신이 창피했거든요. 입원해서는 아예 입을 다물어 버렸어요. 침묵이 도피처였지만, 결코 피난처가 되지는 못했죠. 여전히 그 생각이 머릿속을 맴돌았으니까요. 어느 날 밤, 호흡이 느려지고 눈이 감겼어요. 깨워도 일어나지 않았지요. 의료진은 그가 혼수상태에 빠졌다고 했어요."

에디는 그날 밤을 기억했다. 제과점 주인 나탄슨 씨의

집으로 또 전화가 걸려 왔다.

"그 후 어머님이 그의 침상을 지켰지요. 밤낮없이 계속해서요. 그녀는 혼자 탄식했어요. 기도라도 하듯이 나직이 계속 중얼댔지요. '내가 어떻게든 했어야 했는데. 내가 손을 썼어야 했는데……'라고. 어느 날 밤, 의료진이 채근하는 바람에 그녀는 집으로 잠을 자러 갔어요. 다음 날 새벽, 간호사는 창문에 몸을 반쯤 걸치고 있는 당신 아버지를 발견했지요."

"창문이라고요?"

에디가 눈을 가늘게 뜨며 묻자 루비가 고개를 끄덕였다.

"가끔 아버지는 밤중에 깨어났어요. 침대에서 일어나 비틀비틀 병실 저편으로 갔지요. 가서 있는 힘을 다해 창문을 올렸어요. 그는 작은 목소리로 당신 어머니의 이름을 부르고, 당신 이름도 불렀어요. 형 조의 이름도요. 미키의 이름도 불렀지요. 그 순간에는 심장에서 모든 죄책감과 후회가 터져 나오는 것 같았어요. 아마 죽음의 빛이 다가오는 걸 느꼈겠지요. 당신들이 어딘가에, 병실 창문 밑의 거리 어딘가에 있다는 걸 알았겠지요. 그는 창틀 너머로 몸을 내밀었어요. 차가운 밤이었어요. 바람이 불었고, 몸이 좋지 않은 그에게는 너무 습했지요. 그는 새벽이 오기 전에 눈을 감았어요. 그를 발견한 간호사들이 놀라서 그를 침대에 눕혔어요. 그들은 직장을 잃을까 봐 두려운 나머지 한마디도 말하지 않았어요. 당신의 아버지가 자는 도중 죽었다고만 말했지요."

에디는 놀라서 뒤로 넘어졌다. 마지막 장면이 떠올랐다. 질기디 질긴 아버지가 창밖으로 기어 나가려는 광경. 그는 어디로 가고 있었을까? 무슨 생각을 하고 있었을까? 설명되지 않은 삶과 설명되지 않은 죽음. 어떤 것이 더 슬플까?

"어떻게 그 모든 걸 다 아시죠?"

루비는 한숨을 내쉬며 대답했다.

"당신 아버지는 일인용 병실을 쓸 형편이 아니었어요. 커튼을 사이에 두고 같은 병실을 썼던 남자 환자도 마찬가지였고요."

루비가 잠시 말을 멈춘 뒤 다시 이었다.

"그가 에밀이었지요. 내 남편이죠."

에디는 눈을 들었다. 마치 조각 맞추기 퍼즐을 막 끝낸 사람처럼 고개가 뒤로 젖혀졌다.

"그렇다면 제 아버지를 보았겠군요."

"네."

"어머니도요."

"밤마다 그녀가 서글퍼하는 소리를 들었지요. 서로 말을 나누지는 않았어요. 하지만 당신 아버지가 돌아가신 후 나는 당신 가족이 궁금했어요. 그분이 어디서 일했는지 알게 되자 가슴이 몹시 아팠어요. 사랑하던 사람을 잃은 것처럼요. 내 이름을 딴 공원에서 일했다고 했지요. 저주의 그림자가 드리운 기분이었고, 그곳을 만들지 않았으면 좋았겠다는 생각을 또 한 번 했지요. 그 바람은 천국까지 날 따라왔어요. 당신을 기다리는 순간까지도."

에디는 혼란스런 표정을 지었다.

"식당 말인가요?"

루비가 물었다. 그녀는 산속의 불빛을 손짓하며 말을 이었다.

"내가 젊은 시절로 돌아가고 싶어 했기 때문에 저 식당이 있는 거예요. 소박하지만 안전한 삶으로 돌아가고 싶더군요. 또 루비 가든에서 아픔을 겪은 사람 모두 안전하고 온전하기를 바랐지요. 사고를 당하고, 화재를 당하고, 싸우고, 미끄러지고, 넘어진 사람들 모두 말이에요. 남편 에밀이 바다에서 멀리 떨어진 아늑한 곳에서 잘 먹고 따뜻하게 지내길 바랐어요. 그 사람들 모두 그렇게 지내기를 바랐답니다."

루비가 일어서자 에디도 일어났다. 그는 아버지의 죽음에 대한 생각을 떨칠 수가 없었다.

"저는 그를 미워했어요."

노부인은 고개를 끄덕였다.

"아버지는 제가 어릴 때 끔찍하게 굴었어요. 제가 나이가 들면서 더 끔찍해졌지요."

루비가 그에게 다가섰다.

"에드워드."

그녀가 나직이 그를 불렀다. 정식 이름을 부른 것은 이번이 처음이었다.

"분노를 품고 있는 것은 독이에요. 그것은 안에서 당신을 잡아먹지요. 흔히 분노는 우리에게 상처를 준 사람들을 공격하는 무기처럼 생각되지만 증오는 굽은 칼날과 같아요. 그 칼을 휘두르면 우리 자신이 다쳐요. 에드워드, 용서하세요. 처음 천국에 왔을 때 느꼈던 가벼움을 기억하나요?"

물론 에디는 기억했다. 통증이 다 어디로 갔을까 싶을 정도로 가벼웠다.

"그건 아무도 분노를 안고 태어나지 않기 때문이에요. 우리가 죽으면 영혼은 분노에서 벗어나지요. 하지만 이제 저세상으로 가려면 왜 분노를 느꼈는지, 왜 이제 분노를 느낄 필요가 없는지 이해해야 해요."

그녀가 에디의 손을 살며시 잡으며 말했다.

"아버지를 용서해야 해요."

에디는 아버지의 장례식 이후의 세월을 떠올렸다. 그는 아무것도 이루지 못했고 어디에도 가지 못했다. 아버지가 죽지 않았다면 그가 누렸을 어떤 인생, '될 수도 있었을 인생'을 내내 상상했다. 아버지가 죽고 어머니가 무너져 내리지 않았다면 달라졌을 인생이었다. 에디는 세월이 흐르면서 상상 속의 인생을 더 갈구했고, 모든 상실감을 아버지 탓으로 돌렸다. 그는 자유를 잃어버리고, 제대로 된 직업을 잃어버리고, 희망을 잃어버렸다. 그는 아버지가 떠안기고 떠난 더럽고 지루한 일에서 벗어날 수가 없었다.

"그는 죽으면서 내 일부분을 가져가 버렸어요. 그 후 난 발목을 잡혔고요."

루비는 고개를 저었다.

"당신이 루비 가든을 못 떠난 건 아버지 때문이 아니에요."

에디가 고개를 들고 물었다.

"그럼 뭣 때문이죠?"

그녀는 치맛자락을 매만지고 안경을 고쳐 쓰더니 앞을 향해 걷기 시작했다. 루비가 말했다.

"만날 사람이 아직 두 사람 더 있어요."

에디는 '기다려 봐요'라고 말하려 했지만 찬바람이 목구멍에서 나오는 소리를 휘감아 버렸다. 모든 게 까맣게 변했다.

루비는 홀연히 사라졌고 그는 여전히 산 속에 있었다. 에디는 식당 옆 눈밭에서 오랫동안 서 있었다. 침묵 속에 홀로 서 있다가 이제 루비가 다시 오지 않는다는 걸 깨달았다. 그는 문으로 몸을 돌려 천천히 문을 열었다. 포크와 나이프가 부딪히는 소리와 접시를 쌓는 소리가 들렸다. 갓 요리한 음식 냄새가 풍겼다. 빵 냄새, 고기 냄새, 소스 냄새. 루비 가든에서 일하다 죽은 사람들이 모두 모여서 먹고 마시며 이야기를 나누고 있었다.

에디는 머뭇머뭇 움직였다. 몸을 오른쪽으로 돌려 구석 자리로 갔다. 시거를 피우는 아버지에게로. 몸이 떨렸다. 아버지가 한밤중에 병실 창문에 몸을 내밀고 죽어 가던 장면이 떠올랐다.

"아버지!"

에디가 불렀지만 아버지는 듣지 못했다. 에디가 좀 더 가까이 다가갔다.

"아버지. 이제는 모든 걸 알아요."

가슴이 메어 그는 칸막이 옆에 무릎을 꿇고 앉았다. 아버지가 가까이 있어서 얼굴에 난 수염과 시거 끄트머리가 보였다. 고단함이 묻어나는 눈 밑의 처진 살, 굽은 코, 툭 튀어나온 관절뼈, 노동자다운 넓은 어깨가 보였다. 에디는 자기 팔을 보며 깨달았다. 자신이 세상을 떠나던 당시의 아버지보다 늙었다는 것을. 모든 면에서 그는 아버지보다 오래 살았다.

"저는 아버지한테 화가 났어요. 아버지가 미웠어요."

에디의 눈에 눈물이 차올랐다. 가슴이 들먹이는 느낌이 들더니 뭔가 안에서 흘러넘쳤다.

"아버지는 저를 때렸어요. 밀어냈어요. 저는 이해하지 못했어요. 지금도 모르겠어요. 왜 그랬나요? 왜요?"

그는 길고 고통스런 한숨을 내뱉었다.

"몰랐다고요. 아시겠어요? 아버지의 삶도 몰랐고, 어떤 일들이 있었는지도 몰랐어요. 아버지에 대해 전혀 몰랐어요. 하지만 내 아버지잖아요. 이제 놓아 버릴래요. 아시겠어요? 아시겠냐고요? 우리, 다 놓아 버릴 수 있지요?"

목소리가 흔들리더니 갑자기 높아졌다가 이내 흐느낌으로 변했다. 딴사람이 말을 하고 있는 것 같았다.

"됐어요? 제 말을 듣고 있어요?"

그가 버럭 소리를 지르다가 낮은 목소리로 다시 말했다.

"제 말이 들리세요? 아버지?"

에디가 몸을 바싹 붙였다. 아버지의 때 묻은 손이 보이자 그는 익숙한 말을 속삭였다.

"이제 됐어요."

에디는 테이블을 두드리다가 바닥에 주저앉았다. 고개를 드니 루비가 저쪽에 서 있었다. 젊고 아름다운 모습이었다. 그녀는 고개를 숙이고 문을 열더니 옥빛 하늘로 사라졌다.

목요일 오전 11시

 에디의 장례 비용은 누가 냈을까? 친척도 없고 어떻게 하라는 유언도 남기지 않았는데. 그의 시신은 유품과 함께 시립 안치소에 있었다. 옷가지며 정비 직원 유니폼 셔츠, 양말, 구두, 모자, 결혼반지, 담배, 파이프 청소 도구도 보관되어 있었다.

 결국 루비 가든의 소유주인 벌록 씨가 비용을 지불했다. 그는 에디가 받을 봉급에서 비용을 계산했다. 나무로 제작한 관을 썼고 루비 가든에서 가장 가까운 교회를 장례식 장소로 정했다. 장례식에 참석한 사람들이 모두 일을 하러 가야 했으니까.

 장례 예배가 시작되기 몇 분 전, 목사는 도밍게즈에게 목사실로 오라고 청했다. 도밍게즈는 짙은 파란색 재킷과 깨끗한 블랙진을 입고 있었다.

 목사가 물었다.

 "고인의 특징에 대해 이야기를 해 주겠습니까? 같이 일했다고 알고 있는데요."

 도밍게즈는 침을 삼켰다. 목사 앞이라 몹시 불편했다. 그는 깍지를 끼고는 잠시 생각에 잠긴 뒤 차분한 음성으로 말했다.

"에디는 부인을 정말 사랑했어요."

그가 손가락의 깍지를 풀며 재빨리 덧붙였다.

"물론 저는 부인을 만나 보지 못했지만요."

네 번째 만남

사랑의 장

 눈을 지그시 감았다 뜨자 에디는 작고 둥근 방에 서 있었다. 산도 옥빛 하늘도 사라져 버렸고, 회벽 천장은 낮아서 머리가 닿을락 말락 했다. 방에는 나무 의자 한 개가 놓여 있고, 벽에는 타원형 거울이 걸려 있었다.

 에디는 거울 앞에 서서 자신의 모습을 비춰 보았지만 곧바로 방의 뒤편이 보일 뿐이었다. 갑자기 문이 길게 늘어선 복도가 나타나자 에디는 몸을 돌렸다. 그때 기침이 나왔다. 그 소리가 마치 다른 사람이 내는 것 같아서 화들짝 놀랐다. 다시 마른기침이 나왔다. 가슴에서 뭐가 덜거덕거리는 것 같았다.

 언제부터 이랬을까? 에디는 속으로 중얼거리며 살을 만

져 보았다. 루비와 함께한 후부터 많이 늙은 것 같았다. 대위와 있을 때는 고무처럼 탄탄하던 상체였지만, 이제 살갗도 얇고 건조해서 늘어지고 흐물흐물했다.

루비는 "만날 사람이 아직 두 사람 더 있다."라고 했다. 그런데 뭐지? 등 아래쪽이 뭉근하게 아파 왔고 다친 다리가 점점 뻣뻣해졌다. 새로운 단계에 들어갈 때마다 일어나는 증세였다. 몸이 썩어 가고 있었다.

에디는 길게 늘어선 문 중 한 곳에 다가가서 손잡이를 당겼다. 갑자기 그는 한 번도 본 적이 없는 집의 마당에 들어가게 되었다. 어딘지 알 수 없었지만 결혼식 피로연 같았다. 은쟁반을 손에 든 손님들이 잔디밭을 가득 메우고 있었다. 마당 한쪽 끝에 붉은 꽃과 자작나무 가지로 장식한 아치형 길이 나 있고, 에디가 서 있는 쪽 끝에는 그가 들어온 문이 있었다. 젊고 예쁘장한 신부가 사람들 가운데 선 채, 옅은 금발 머리에서 핀을 빼고 있었다. 몸이 호리호리한 신랑은 검은색 정장 차림으로 칼을 들고 서 있었고, 칼자루에는 반지가 있었다. 그가 칼을 신부에게 내밀자, 신부가 반지를 뺐고, 하객들이 환호했다. 에디는 그들의 말소리를 들었지만, 외국어라서 이해할 수 없었다. 독일어인가? 스웨덴어인가?

그가 다시 기침을 하자 사람들이 고개를 돌렸다. 모두 미소를 짓는 것 같았고, 에디는 그 미소에 당황했다. 얼른 몸을 돌려 들어왔던 문으로 나갔다. 둥근 방으로 돌아갈 줄 알았는데 그는 또 다른 결혼식장 한가운데 와 있었다. 이번에는 실내였다. 커다란 홀에 모인 하객들은 스페인 사람들 같았고, 신부는 머리에 오렌지꽃을 꽂고 있었다. 신부가 파트너를 바꿔 가며 춤을 추었고, 손님마다 그녀에게 작은 동전 주머니를 주었다.

에디가 터져 나오는 기침을 참지 못하고 다시 기침을 하자 하객 몇 명이 고개를 돌렸다. 그는 문을 빠져나와 다시 다른 결혼식장으로 갔다. 이번에는 아프리카 같았다. 가족들이 땅에 술을 붓자 신랑 신부는 손을 잡고 빗자루 위를 넘었다. 문으로 나가니 중국의 결혼 축하연이 펼쳐졌다. 불꽃놀이가 시작되고, 하객들이 환호를 했다. 다른 문으로 들어가니 또 다른 신랑 신부 한 쌍이 손잡이가 두 개 달린 컵으로 뭔가를 마시고 있었다. 프랑스인가?

언제까지 계속되려나? 축하연마다 사람들이 어떻게 그곳에 갔는지는 알 수 없었다. 차나 버스, 마차, 말 등 운송 수단의 흔적이 전혀 보이지 않았기 때문이었다. 물론 어떻게 떠나는지도 알 수 없었다. 손님들이 끝없이 밀려들었고, 에디는 그 속에 섞여서 미소만 지을 뿐, 이야기를 나누지는 않았다.

지상에 있을 때도 결혼식에 가면 늘 그랬다. 그편이 오히려 더 좋았다. 에디가 보기에 결혼식은 당혹스런 순간이 너무 많았다. 특히 하객들에게 춤을 추라고 할 때나 의자에 앉은 신부를 드는 것을 도와 달라고 할 때면 당황스러워 어쩔 줄 몰라 했다. 그런 순간이면 아픈 다리에 불이라도 들어와서, 결혼식장에 있는 모든 사람의 시선을 한 몸에 받는 것 같아 얼굴이 벌게지곤 했다.

그래서 에디는 되도록 피로연에 참석하지 않았다. 꼭 가야 할 때는 주차장에 나가서 담배를 피우며 시간이 지나기만을 기다렸다. 그나마 결혼식에 참석할 일도 오랫동안 없었다. 최근 몇 년 사이 루비 가든의 어린 직원들이 성년이 되어 배우자를 맞이할 일이 생긴다든지 해야만 빛바랜 양복과 목이 꽉 죄는 와이셔츠를 옷장에서 꺼내 입곤 했다. 게다가 최근에는 골절상을 입었던 다리뼈에 이상이 생겨서 거동이 더 불편했다. 무릎에 관절염마저 생기는 바람에 심하게 다리를 절었고, 덕분에 춤이나 촛불의식 같은 특별한 순간을 모면할 핑계를 얻었다. 그는 혈혈단신 '노인'으로 간주되었고, 사진사가 테이블에 와도 그저 미소만 지으면 될 뿐, 아무도 다른 요구를 하지 않았다.

이제 그는 정비공 셔츠를 입은 채 결혼식 피로연장을 돌고 있었다. 모두가 다른 나라 말로 이야기했고, 케이크가 있었으며, 각 나라의 음악이 흘러나왔다. 피로연이 모두 비슷비슷했지만 에디는 놀라지 않았다. 어느 나라 결혼식은 다 비슷할 거라고 여기던 차였으니까. 다만 이해할 수 없는 점은, 이게 그와 무슨 관계가 있느냐는 거였다.

한 번 더 문턱을 넘으니 이탈리아의 마을이었다. 언덕 기슭에 포도밭이 있고 석회암으로 지은 농가가 보였다. 남자들은 숱 많은 검은 머리카락을 빗어 넘긴 모습이었고, 여자들은 검은 눈과 늘씬한 몸매를 갖고 있었다. 담장이 있는 곳에서 신랑과 신부가 톱을 쥐고 긴 장작을 반으로 썰고 있었다. 음악이 연주되자 하객들은 빠른 리듬에 맞춰 타란텔라 춤(나폴리 지방의 춤)을 추기 시작했다. 에디는 몇 걸음 물러서서 사람들이 모여 있는 주변을 둘러보았다.

보라색 원피스를 입고 밀짚모자를 쓴 신부 들러리가 아몬드 가루를 뿌린 사탕 바구니를 들고서 하객들 사이를 누비고 다녔다. 멀리서 보니 20대 같았다. 그녀는 이탈리아어로 사탕을 권하고 다녔다.

그 목소리를 듣자 에디는 온몸이 벌벌 떨렸고 땀이 나기 시작했다. 달아나야 할 것 같았지만, 발이 땅에 붙어 떨어지지 않았다. 말린 꽃이 달린 모자를 쓴 그녀가 그에게 다가왔다.

그녀는 아몬드 사탕을 내밀며 물었다.

"쌉쌀한 일과 달콤한 일을 위해 사탕 하나 드실래요?"

그녀의 검은 머리칼이 한쪽 눈 위로 흘러내리자, 에디의 가슴은 터질 것만 같았다. 입술이 벌어지고, 목구멍 뒤쪽에서 소리가 올라와, 결국 말이 되어 터져 나왔다. 그의 기분을 이렇게 만든 그 이름이. 그는 무릎을 꿇고 앉았다.

"마거릿……"

에디가 속삭이자 그녀가 다시 말했다.

"쌉쌀한 일과 달콤한 일을 위해 사탕 하나 드실래요?"

그날의 생일 케이크

에디와 형 조는 정비실에 앉아 있었다. 조가 드릴을 들면서 으스대는 말투로 주장했다.

"이건 최신형이라니까."

조는 체크무늬 재킷을 입었고, 흰색과 검은색이 섞인 구두를 신고 있었다. 에디는 형의 겉모습이 지나치게 화려하다고 생각했지만 설비 회사의 영업사원이니 그럴 만도 했다. 오랜 세월 매일 똑같은 옷만 입고 지내는 에디가 뭘 알겠는가?

조가 말했다.

"그래요, 손님. 이걸 받으세요. 배터리로 작동됩니다."

에디가 배터리를 받았다. 니켈 카드뮴이라는 작은 전지였다. 이런 걸로 기계가 작동된다니 믿을 수 없었다.

"돌려 봐."

조가 이번에는 드릴을 건네주며 말했다.

에디가 손잡이를 누르자 요란한 소리가 났다.

"멋지지?"

조가 큰 소리로 말했다.

그날 아침, 조는 에디에게 봉급이 얼마인지 말했다. 에디가 버는 것의 세 배는 되는 액수였다. 그러고 나서는 다시 에디의 승진을 축하했다. 아버지가 맡았던 루비 가든 정비반장이 된 것을 축하한다는 거였다. 에디는 '그렇게 좋은 자리라면 형이 하고 나한테 형 자리를 주지 그래?'라고 쏘아 주고 싶었지만 그렇게 하지는 않았다. 에디는 마음 깊이 느끼는 것은 말하지 않고 지냈다.

"여보세요? 안에 누구 계세요?"

마거릿이 오렌지색 티켓 뭉치를 들고 문간에 서 있었다. 늘 그렇듯 에디의 시선이 그녀의 얼굴로 향했다. 올리브빛 피부, 짙은 커피색 눈동자. 마거릿은 그해 여름에 매표소에서 일하게 되었다. 그래서 루비 가든의 직원 유니폼인 흰색 셔츠에 빨간 조끼, 검은 바지, 빨간 베레모 차림이었고, 한쪽 가슴에는 이름표를 달고 있었다. 이 모습을 보니 에디는 더 부아가 났다. 잘나가는 형 앞이니 더욱 그랬던 것이다.

"제수씨에게 드릴을 보여 드려."

조가 말했다. 그리고 마거릿에게 고개를 돌리며 덧붙였다.

"배터리로 작동되는 거예요."

에디가 손잡이를 누르자 마거릿은 귀를 막았다.

"당신 코 고는 소리보다도 요란하군요."

마거릿이 말하자, 조가 웃음을 터뜨리며 놀려 댔다.
"와아! 와! 제수씨한테 한 방 먹었구나!"
에디는 수줍게 고개를 숙였다가 아내의 웃는 얼굴을 바라보았다.
"바깥으로 나와 볼래요?"
에디가 드릴을 흔들며 대꾸했다.
"일하는 중인데."
"잠깐이면 돼요. 괜찮죠?"
에디가 천천히 일어나서, 아내를 따라 밖으로 나갔다. 밖에는 햇살이 쏟아지고 있었다.
"생일 축하합니다. 에디 아저씨!"
한 무리의 아이들이 입을 맞춰 소리쳤다.
"고맙구나."
에디가 인사하자 마거릿이 큰 소리로 말했다.
"좋았어, 애들아. 케이크에 초를 꽂으렴!"
아이들이 바닐라 케이크가 놓인 접이식 테이블로 달려가자, 마거릿이 남편에게 몸을 숙이며 속삭였다.
"애들한테 당신이 초 서른여덟 개를 한 번에 끌 거라고 큰소리쳤거든요."
에디는 씩 웃으면서 아내가 아이들을 모으는 모습을 지켜보았다. 마거릿은 아이들을 좋아하고 능숙하게 다룰 뿐만 아니라, 함께 있을 때면 행복해 보였다. 그런 모습에 에디는 기분이 가벼워졌다가도 그녀가 불임이라는 사실이 떠오르면 풀이 죽곤 했다. 어떤 의사는 그녀가 너무 민감하다고 했고, 다른 병원에서는 그녀가 너무 오래 기다렸다고 했다. 스물다섯 살 전까지는 임신했어야 했다는 것이다. 세월이 흐르자 더는 병원에 다닐 돈도 없었고, 그냥 이렇게 되어 버렸다.

거의 1년 전부터 마거릿은 입양 얘기를 꺼냈다. 그녀는 도서관에 가서 자료를 찾아보기도 했고 입양 서류도 가져왔다. 에디가 우리 나이가 너무 많은 것 같다고 하면 그녀는 "아이를 기르는 데 늙고 젊고가 어디 있어요?"라고 대꾸했다. 에디는 생각해 보겠다고 했다.

케이크 앞에서 마거릿이 소리쳤다.

"다 준비됐어요. 오세요. 에디 아저씨! 초를 끄세요. 아, 잠깐. 잠깐만요……."

마거릿이 봉지 속에서 카메라를 꺼냈다. 막대기 같은 게 있었고, 끈과 둥근 플래시 전구도 달려 있었다.

"폴라로이드 카메라예요. 샬린이 쓰라고 빌려 줬어요."

마거릿은 사진을 찍기 전에 에디와 아이들의 자리를 잡아 주었다. 에디가 케이크 바로 뒤에 섰고, 아이들은 그 둘레에 서서 서른여덟 개의 촛불에 감탄을 보냈다. 한 아이가 에디를 쿡쿡 찌르며 말했다.
"모두 한꺼번에 끄셔야 돼요, 아셨죠?"
에디가 고개를 숙였다. 케이크는 이미 손자국 천지였다.
"그래."
에디는 대답하면서 아내를 쳐다보았다.

에디는 젊은 마거릿을 빤히 쳐다봤다.

"당신이 아니야."

그가 말했다.

마거릿이 사탕 바구니를 내려놓더니 슬픈 미소를 지었다. 등 뒤에서는 춤이 끝났고, 리본 같은 흰 구름이 해를 가렸다.

에디가 다시 말했다.

"당신이 아냐."

춤추던 하객들이 '와아!' 소리를 지르며 탬버린을 흔들어 댔다.

마거릿이 손을 내밀었다. 에디는 떨어지는 물건을 잡는 것처럼 본능적으로 손을 붙잡았다. 둘의 손가락이 맞닿자 에디는 생전 처음 느끼는 감정을 맛봤다. 살갗 위에 살이 돋아서 포근하고 따스하고 간지러운 느낌. 마거릿이 에디 곁에 무릎을 꿇고 앉았다.

"당신이 아냐."

그가 말했다.

"나예요."

그녀가 속삭였다.

와아!

"당신이 아냐, 당신이 아니라고. 아니야."

에디가 중얼댔다. 그는 마거릿의 어깨에 머리를 기댔고, 죽은 후 처음으로 울기 시작했다.

그들의 결혼식은 크리스마스이브에 '새미 홍'이라는 중국 식당에서 치러졌다. 별로 화려할 것도 없는 식당의 2층이었다. 식당 주인 새미는 그날 밤 손님이 없을 걸로 짐작하고 2층을 예식장으로 빌려 주었다. 에디는 군대에서 받은 돈을 몽땅 털어서 피로연 비용으로 썼다. 닭구이와 중국식 잡채, 와인을 시켰고, 아코디언 연주자를 불렀다. 예식에서 사용한 의자는 피로연에서도 필요했으므로 성혼서약 순서가 끝나자 웨이터들이 아래층 식당으로 가져갔다. 하객들은 서둘러 일어나서 아래층으로 내려갔고 아코디언 연주자들은 걸상에 앉았다. 몇 년 후 마거릿은 결혼식에서 빠진 게 있다면 '빙고 게임판'뿐이었다고 농담을 하곤 했다.

식사를 마치고 결혼 선물을 주고받는 순서가 끝나자 모두들 마지막 건배를 했고 아코디언 연주자는 짐을 챙겼다. 에디와 마거릿도 현관문을 빠져나갔다. 찬비가 가늘게 내렸지만, 신랑 신부는 몇 블록 떨어진 집까지 나란히 걸어갔다. 에디는 흰색 정장 재킷을 입었고, 셔츠의 깃은 뻣뻣했다. 그들은 손을 붙잡고, 가로등 불빛이 쏟아지는 빗속을 걸었다. 주변의 모든 것이 꼭꼭 가둬진 것 같았다.

사람들은 사랑이 바위틈에 숨어 있는 물건이라도 되는 듯이 사랑을 '찾았다'고 말한다. 하지만 사랑은 여러 형태를 띨 뿐만 아니라 누구에게든 같은 법이 없다. 그러니 사람들이 찾는 것은 그냥 사랑이 아니라 '어떤' 사랑인 것이다. 그리고 에디도 마거릿에게서 어떤 사랑을 발견했다. 고마운 사랑, 깊지만 조용한 사랑, 그 무엇과도 바꿀 수 없는 그런 사랑. 그녀가 세상을 떠나자 에디는 생기 없는 하루하루를 보냈고 그의 가슴은 잠들어 버렸다.

이제 결혼할 당시처럼 젊고 아름다운 그녀가 다시 여기 있었다.

"나랑 걸어가요."

마거릿이 말했다.

에디는 일어나려 했지만, 아픈 무릎이 말을 듣지 않았다. 그러자 마거릿이 그를 가뿐하게 들어 올렸다.

"다리 때문에 그렇군요."

그녀는 예전처럼 다정한 눈빛으로 흉터를 바라보았고, 에디의 머리카락을 매만졌다.

"많이 희어졌네요."

마거릿이 미소 지으며 말했다.

에디는 입술을 달싹거릴 수조차 없었다. 빤히 쳐다보는 것 외에는 꼼짝도 할 수 없었다. 마거릿은 그가 기억하는 모습보다 훨씬 더 아름다웠다. 나이 들고 고생했던 마지막 모습이 아니었다. 에디가 곁에 말없이 서 있자 그녀는 눈을 가늘게 뜨고 입꼬리를 장난스럽게 올렸다.

마거릿이 웃으며 말했다.

"여보, 내 예전 모습을 그렇게 금방 잊었어요?"

에디는 침을 삼켰다.

"내가 어떻게 잊겠어."

그녀가 얼굴을 가볍게 어루만지자 에디의 몸에 따스한 기운이 퍼졌다. 마거릿은 마을과 춤추는 하객들을 손짓하며 말했다.

"갖가지 결혼 장면은 내가 선택한 거예요. 문 너머 결혼의 세계 말이에요. 아, 에디. 신랑이 신부의 면사포를 올릴 때, 신부가 반지를 낄 때, 그들의 눈빛은 세월이 지나도 변하지 않아요. 세계 어디서나 똑같고요. 그들은 서로 사랑한다고 믿고, 자신들의 결혼이 어떤 결혼보다 특별하다고 생각하지요."

그녀는 생긋 웃으며 덧붙였다.

"우리도 그랬을까요?"

에디는 어떻게 대답해야 좋을지 몰랐다.

"우린 아코디언 연주자도 불렀잖아."

에디가 말했다.

그들은 연회장에서 나와 자갈 깔린 길을 올라갔다. 음악 소리가 아득히 들려왔다. 에디는 마거릿에게 그동안 보고 겪은 일을 이야기하고 싶었다. 사소한 일이든 큰일이든 가리지 않고 모두 털어놓고 싶었다. 몸 안이 휘휘 도는 기분이 들면서 초조함이 사라졌다. 어디서부터 시작해야 좋을지 알 수 없었지만, 마침내 입을 열었다.

"당신도 다섯 사람을 만났나?"

마거릿이 고개를 끄덕였다.

"나와 다른 다섯 사람을 만났겠군."

마거릿은 다시 고개를 끄덕였다.

"그 사람들이 다 설명해 줬어? 그래서 달라진 게 있어?"

그녀는 미소를 지으며 에디의 턱을 만지작거렸다.

"완전히 달라졌어요. 그러고 나서 당신을 기다렸어요."

에디는 아내의 눈을 바라보았다. 마거릿도 기다리면서 이런 기분을 느꼈을까?

"당신은 나에 대해…… 얼마나 알지? 그 후에……."

그는 죽음이라는 말을 하기가 힘들었다.

"당신이 죽은 후의 일 말이군요."

마거릿은 모자를 벗고, 숱 많은 머리칼을 이마에서 떼어 냈다.

"우리가 함께 지낼 때 일어난 일들은 다 알아요."

마거릿이 입술을 살며시 깨물더니 말을 이었다.

"그리고 왜 그런 일이 생겼는지도 이제는 알죠."

그녀는 가슴에 손을 얹으며 계속 말했다.

"또 당신이 나를 무척 사랑했다는 것도 알아요."

마거릿이 에디의 손을 잡자 따스함이 밀려왔다.

"하지만 당신이 어떻게 죽었는지는 몰라요."

에디는 잠시 생각에 잠긴 뒤 말했다.

"나도 확실히 모르겠어. 여자애가 있었는데……, 어린애였어. 그 아이가 놀이기구 주변에서 어슬렁대다가 사고가 생겨서……."

마거릿이 눈을 동그랗게 뜨며 깊은 관심을 보였다. 그러자 그녀의 모습이 굉장히 젊게 보였다. 아내에게 죽은 날의 일을 이야기하는 게 생각보다 쉽지 않았다.

"요즘은 새로운 놀이기구가 많이 생겼어. 예전 기계와는 많이 다르지. 속도도 상상할 수 없을 정도로 빨라. 어쨌든 카트를 높은 데서 툭 떨어뜨리는 기구가 있는데, 유압으로 멈춰서 천천히 내려오도록 조절하게 되어 있지. 그런데 케이블이 잘려서 카트가 헐렁해진 거야. 내가 직원들에게 카트를 떨어뜨리라고 지시했어. 도밍게즈가……, 나랑 같이 일하던 직원인데……, 그렇게 했지. 내가 시켰으니까 그의 잘못은 아니야. 나중에 카트가 낙하하는 것을 멈추려 했지만, 그는 내 말을 듣지 못했고, 여자애가 그 밑에 앉아 있었지. 나는 여자애를 빼내려고 했어. 구해 주려고 달려들었는데 그다음은 알 수가 없어. 아이의 손을 잡은 느낌은 드는데 그다음은……."

그가 말을 멈추자 마거릿은 고개를 갸우뚱했다. 에디가 숨을 깊게 내쉬었다.

"여기 온 후 이렇게 많은 말을 한 적이 없는데."

마거릿은 고개를 끄덕이며 상냥한 미소를 지었다. 그 미소를 보자 눈가가 젖어 오기 시작했다. 슬픔의 파도가 밀려들었고, 갑자기 아무것도 중요하지 않게 느껴졌다. 그의 죽음이나 공원, 그가 "물러서요!"라고 소리쳤던 사람들 따윈 중요하지 않았다. 그는 왜 이런 얘길 하고 있을까? 뭘 하고 있는 걸까? 왜 마거릿과 같이 있는 걸까? 숨어 있던 슬픔이 일어나서 심장을 거머쥐듯, 그의 영혼에 지난날의 감정이 파고들었다. 입술이 떨리기 시작하자 에디는 흐느꼈다. 흐느낌은 잃었던 모든 것의 물살로 흘러들었다. 그는 아내를 바라보았다. 죽은 아내. 젊은 아내. 그리웠던 아내. 단 하나뿐인 아내.

에디는 다른 것은 보고 싶지 않았다.

그가 속삭였다.

"오……, 마거릿. 미안해. 정말 미안하오. 말할 수가 없어. 못하겠어. 말을 못하겠어."

그는 머리를 양손에 묻고 되뇌었다.

"정말로 보고 싶었소."

행운과 불행 사이

경마장은 여름 관중이 모여들어 혼잡했다. 여자들은 모두 밀짚모자를 썼고 남자들은 시거를 하나씩 물고 있는 모습이었다. 에디와 노엘은 에디의 생일을 기념한다는 핑계로 일찌감치 퇴근해서 복승식 게임을 하고 있었다. 접이식 의자에 앉은 그들의 발치에는 종이컵에 담은 맥주가 놓여 있었고, 주변에는 사람들이 버린 마권이 나뒹굴었다.

에디는 이날의 첫 경주에서 이긴 참이었다. 그래서 딴 돈의 절반을 두 번째 경주에 걸었는데, 그 게임까지 이겼다. 생전 처음 있는 일이었다. 에디는 200달러를 손에 쥐게 되었다. 그러나 그다음 게임에서 두어 판을 져서 다시 약간을 잃었고, 이제 남은 돈 모두를 여섯 번째 게임에 걸었다. 노엘과 그는 빈손으로 경마장에 왔는데 빈손으로 집에 간들 뭐가 문제냐고 위안을 하면서 돈을 걸었.

노엘이 말했다.

"생각해 보라고. 자네가 이기면 아이를 데려올 비용이 생기는 거라니까."

종이 울리고 경주마들이 출발했다. 직선 코스로 접어들

자 말들이 서로 부딪치면서 내달렸다. 몸에 두른 색색의 천이 뒤섞여 보였다. 에디는 '저지 펀치'라는 8번 마에 돈을 걸었다. 배팅을 잘못했다고 생각하지는 않았지만, 노엘이 '아이' 이야기를 꺼내자 죄책감이 들었다. 에디 부부는 아이를 입양할 계획을 세우고 있었다. 그 돈을 입양 비용으로 쓸 수도 있었는데, 왜 이런 짓을 저질렀을까?

관중이 일어나 환호했고 말들은 다시 직선 코스를 달려 들어오고 있었다. 저지 펀치는 바깥쪽에서 쭉쭉 내달렸다. 환호성과 말발굽 소리가 뒤섞였다. 에디는 마권을 꽉 움켜쥐었다. 살이 떨리는 기분이었다. 초조감이 극에 달해 기분이 나빠질 정도였다. 그때 말 한 마리가 앞으로 쭉 나섰다.

저지 펀치다!

경기는 끝났고, 에디가 딴 돈은 이제 800달러나 되었다. 그가 말했다.

"집에 전화해야겠어."

"재수 없을 거야. 하지 마."

노엘이 툭 말을 던졌다.

"무슨 말이야?"

"다른 사람한테 말하면 재수가 없다고."

"정신 나간 소리."

"전화하지 마."

"집사람에게 말해야겠어. 행복하게 해 줘야지."

"마거릿은 그리 행복해하지 않을걸?"

에디는 다리를 절며 공중전화로 가서 동전을 넣었다. 마거릿이 전화를 받자 에디는 경마에서 돈을 땄다는 소식을 전했다. 노엘의 말이 맞았다. 그녀는 행복해하지 않았다. 그에게 집에 빨리 오라고 말하자 에디는 이래라 저래라 하지 말라며 말을 잘랐다.

그녀가 쏘아붙였다.

"우리에게 아기가 오잖아요. 당신이 이렇게 행동하면 곤란하죠."

에디는 화가 나서 그대로 전화를 끊었다. 자리로 돌아가니 노엘이 난간에 서서 땅콩을 먹고 있었다.

"내 말이 맞지?"

그들은 창구로 가서 다른 말을 골랐다. 에디는 주머니에서 돈을 꺼냈다. 돈이 필요 없다는 마음이 반, 두 배쯤 벌고 싶다는 마음이 반이었다. 집에 가서 돈을 침대에 던지며 아내에게 "뭐든 사고 싶은 걸 사라고, 알았어?"라고 말하고 싶기도 했다.

노엘이 창구에 돈을 밀어 넣는 에디를 지켜보다 눈썹을 치떴다.

"알았어, 알았다고!"

에디가 말했다. 그러나 그가 모르는 게 있었다.

그가 모르는 것은 전화 통화가 끊어지자 마거릿이 경마장으로 그를 찾아 나섰다는 사실이었다. 마거릿은 남편 생일에 소리를 지른 게 마음에 걸려서 사과하고 싶었고, 또 남편이 도박을 그만하게 막고 싶었다. 노엘이 경마장 문을 닫을 때까지 있자고 우긴다는 것을 경험으로 알고 있었다. 노엘은 그런 사람이었다. 게다가 경마장은 차로 겨우 10분 거리에 불과했다. 그녀는 핸드백을 들고 차를 오션 파크웨이로 몰았다. 레스터 가에서 우회전을 했다. 해가 져서 하늘색이 빠르게 변하고 있었다. 반대 방향에서 차들이 마구 달려왔다. 레스터 가의 육교가 가까워지고 있었다. 예전에는 사람들이 이 육교를 건너서 경마장으로 들어가곤 했다. 계단을 올라가서 길을 건너고 다시 계단을 내려가야 했다. 하지만 경마장 주인이 시에 신호등 설치비를 낸 다음부터는 아무도 육교로 다니지 않았다. 대개의 사람들은 다 그랬다.

하지만 이날 밤, 육교에는 사람이 있었다. 10대 두 명이 사람을 피해 그곳에 숨어 있었다. 열일곱 살 난 청소년 둘이 몇 시간 전에 가게에서 담배 다섯 보루와 '올드 하퍼' 위스키 세 병을 훔치고 도망을 다니는 중이었다. 술을 다 마시고 담배까지 많이 피운 탓에 저녁이 되자 매우 지루해졌다. 그들은 빈 병을 들고 녹슨 난간에 기대어 서 있었다.

"한번 해 볼까?"

한 아이가 물었다.

"해 봐."

다른 아이가 부추겼다. 먼저 말한 아이가 술병을 떨어뜨렸고, 둘이 함께 숨어서 상황을 지켜보았다. 술병이 지나가던 차를 비켜 도로에 떨어지면서 박살이 났다.

"와우……, 너도 봤지!"

두 번째 아이가 소리쳤다.

"너도 해 봐, 애송아."

이번엔 두 번째 아이가 술병을 난간 밖으로 내밀고, 오른쪽 차선을 달리는 차를 골랐다. 그는 술병을 앞뒤로 움직이며 차와 차 사이에 정확하게 떨어뜨리려고 조준을 했다. 마치 예술가가 예술 행위라도 하는 것 같았다. 그가 얼굴에 가벼운 미소를 지으며 손을 놨다.

12미터 아래에서는 마거릿이 육교 위에서 벌어지는 일은 짐작조차 하지 못한 채 달리고 있었다. 위를 올려다볼 겨를도 없었다. 남편 수중에 돈이 남아 있을 때 경마장에서 데리고 와야겠다는 것 말고는 다른 생각이 없었다. 그녀는 관중석의 어느 부분을 먼저 찾아야 할지 고민했다.

위스키 병이 앞 유리에 떨어져 산산조각 나는 순간에도 그 생각뿐이었다.

 차는 콘크리트 분리대와 충돌했다. 그녀의 몸은 인형처럼 솟구쳐 자동차 문에 부딪힌 다음, 계기판과 운전대에 내동댕이쳐졌다. 내장이 찢기고 팔이 부러졌다. 머리를 세게 부딪혀서 정신이 까마득해졌다. 저녁의 소리도, 자동차의 급정지 소리도 들리지 않았다. 요란한 경적 소리도, 육교 위에서 달아나는 아이들의 고무 밑창이 끌리는 소리도 들리지 않았다. 아이들은 레스터 가의 육교를 지나 어둠 속으로 사라져 버렸다.

사랑은 빗물처럼 위로부터 기쁨을 흠뻑 머금고 내려 무성해진다. 그러나 사랑은 때로 삶의 분노를 간직한 열기 속에서 뿌리를 보살피고 살려서 아래로부터 무성해지기도 한다. 비록 겉으로 드러난 사랑은 메말랐어도 말이다.

레스터 가에서 일어난 사고 때문에 마거릿은 병원으로 이송되었다. 그 후 그녀는 거의 반년 동안 침대에 누워서 지내야 했다. 다친 곳은 다 나았지만 입양은 하지 못하게 되었다. 치료비 때문이기도 했고, 그 사건으로 시간을 끄는 바람에 부부가 입양하려던 아이가 다른 가정으로 갔던 것이다. 마거릿은 한동안 말없이 지냈고 에디 역시 일에만 몰두했다. 식탁에는 어두운 그림자가 드리워졌다. 부부는 그런 분위기 속에서 식사를 했고, 매번 포크와 접시가 부딪히는 소리만 났다. 두 사람은 대화를 할 때에도 사소한 일만 거론했다. 사랑의 물은 뿌리 깊숙이 숨어 버렸다. 에디는 다시는 경마를 하지 않았고, 노엘과의 관계도 끝이 났다.

캘리포니아의 어떤 놀이공원에서 처음으로 철제 트랙이 선보이자 오랫동안 잊혀졌던 롤러코스터가 갑자기 각광을 받았다. 철제 트랙은 나무 트랙으로는 불가능한 가파른 각도를 만들어 냈다. 사람들은 이제 짜릿한 스릴을 즐길 수 있었고, 또 그 스릴을 좋아했다. 루비 가든의 주인인 벌록 씨도 철제 트랙을 주문했고, 에디가 설치를 감독했다. 그는 설비를 하나하나 점검하며 설치하는 인부들을 채근했다. 사실 그는 이렇게 빠르게 움직이는 놀이기구를 신뢰하지 않았다. 휘어지는 각도가 63도라고? 사람이 다칠 것이 분명했다. 어쨌든 그 일에 신경을 쏟지 않을 수 없었다.

'스타 더스트 밴드 셸'은 철거되었고, '사랑의 터널' 역시 이제는 아이들에게 구닥다리 취급을 받았다. 몇 년 후 '통나무 배'라는 새로운 뱃놀이 기구가 도입되어 대단한 인기를 끌자, 에디는 깜짝 놀랐다. 배가 물 위를 떠가다가 마지막에 큰 웅덩이로 낙하하는 놀이기구였다. 해변까지 300미터도 떨어져 있지 않은데 왜 사람들은 공원에서 홀딱 젖는 걸 좋아하는지 에디는 이해할 수가 없었다. 하지만 그는 '통나무 배'를 꼼꼼히 정비했다. 신발을 벗고 물속에 들어가 배가 트랙을 벗어날 염려는 없는지 살피고 또 살폈다.

시간이 흐르자 부부는 다시 대화를 하기 시작했고, 어느 날 밤 에디는 입양 문제를 다시 꺼냈다. 마거릿은 이마를 문지르며 말했다.

"이젠 우리가 너무 늙었어요."

"너무 늙어서 아이를 못 키우다니 말이 돼?"

그러고 나서 몇 해가 흘렀다. 아이를 입양하지는 못했

지만 마음의 상처는 천천히 아물었고 서로를 위해 마련해 둔 공간에 동지애 같은 것이 채워졌다. 아침이면 마거릿은 토스트와 커피를 준비했다. 에디는 마거릿이 일하는 세탁소에 그녀를 내려 주고 놀이공원으로 갔다. 마거릿은 가끔 오후에 일이 일찍 끝나면, 에디와 함께 나무 산책로를 걸으며 정비할 곳까지 따라다녔다. 회전목마를 타거나 노란 칠이 된 조개껍질을 타기도 했다. 그럴 때면 에디는 회전 날개와 케이블에 대해 설명하면서 엔진 소리에 귀를 기울였다.

7월의 어느 날 저녁, 두 사람은 바닷가를 걸으며 포도맛 청량음료를 마셨다. 맨발로 젖은 모래를 밟았다. 주위를 둘러보니, 그들이 해변에서 가장 연장자였다.

마거릿은 아가씨들이 입은 비키니 수영복 이야기를 하면서, 그녀라면 저런 걸 입을 용기를 못 냈을 거라고 말했다. 에디는 그녀가 비키니를 입었으면 남자들이 그녀만 쳐다봤을 테니 아가씨들이 운이 좋은 거라고 말했다. 이즈음 마거릿은 40대 중반이어서 엉덩이에 살이 붙고 눈가에 주름도 많았지만, 그렇게 말해 주는 남편이 고마웠다. 그녀는 에디의 굽은 코와 넓은 턱을 바라보았다. 사랑의 물결이 다시 위에서 내리쳐서 그들을 적셨다. 발밑에 모여드는 바닷물처럼 확실하게.

그로부터 3년 후. 마거릿은 아파트 부엌에서 닭고기에 빵가루를 입히고 있었다. 에디의 어머니가 세상을 떠난 후에도 부부는 이 아파트에 살았다. 마거릿이 이 집이 젊은 시절을 생각나게 할 뿐만 아니라 창문으로 보이는 회전목마가 멋지다고 말했기 때문이었다. 갑자기 아무런 증상도 없이 오른쪽 손가락이 멋대로 젖혀졌다. 주먹을 쥘 수가 없었고 닭고기가 손에서 빠져나갔다. 팔이 쑤시더니 숨이 가빠졌다. 그녀는 꼼짝도 하지 않는 손가락을 잠시 바라보았다. 눈에 보이지 않는 단지를 쥐고 있는 다른 사람의 손 같았다.

그러더니 사방이 빙빙 돌았다.

"여보?"

그녀는 남편에게 전화를 했지만, 에디가 집에 도착했을 때는 이미 바닥에 쓰러진 후였다.

마거릿의 병명은 뇌종양으로 밝혀졌고, 병세는 다른 환자들처럼 진행되었다. 치료를 받으니 병이 좀 완화된 듯 보였지만 머리칼이 뭉텅뭉텅 빠졌다. 아침나절은 시끄러운 방사선 기계와 함께 보냈고, 저녁나절은 병원 변기를 안고 구토하며 보냈다.

막바지에 이르러 암이 극성을 부리자 의료진은 "쉬십시오. 마음을 편히 가지세요."라고만 말했다. 그녀가 질문을 하면 그들은 동정한다는 듯 고개를 끄덕일 뿐이었다. 의사가 신변 정리를 하라고 말하자, 그녀는 퇴원을 시켜 달라고 청했다. 부탁이 아니라 통고였다.

에디는 아내가 계단에 오를 때 그녀를 부축하고, 코트를 걸어 주었다. 마거릿은 아파트를 둘러보다가 요리를 하려고 했다. 에디가 그런 마거릿을 말리고 찻물을 끓였다. 그는 전날 양고기를 사 두었고, 그날 밤 친구와 동료 몇 명을 초대해서 분주하게 움직였다. 손님들은 마거릿을 맞이하면서, 혈색 나쁜 그녀의 얼굴을 보고는 "와, 집에 오셨군요!"라고 인사했다. 작별하려고 모인 게 아니라 퇴원을 축하하는 모임이라도 되는 것 같았다.

다들 으깬 감자 요리를 먹고 디저트로 컵케이크를 먹었다. 마거릿이 와인을 두 잔째 비우자, 에디가 얼른 와인병을 들고 잔을 채웠다.

이틀 후, 그녀는 비명을 지르며 잠에서 깼다. 에디는 그녀를 차에 태우고 조용한 새벽길을 달려 병원으로 갔다. 그들은 짤막한 대화를 나누었다. 어떤 의사가 그녀를 맡아 줄지, 에디가 누구에게 전화를 해야 할지 의논했다. 마거릿은 옆자리에 조용히 앉아 있었지만, 에디는 모든 것에서 그녀를 느꼈다. 운전대를 돌리면서, 가속 페달을 밟으면서, 눈을 깜빡이면서, 헛기침을 하면서도, 움직임 하나하나에 그녀를 느꼈다.

마거릿은 마흔일곱 살이었다. 그녀가 에디에게 물었다.

"카드는 챙겼어요?"

마거릿은 숨을 깊이 들이마시면서 눈을 감았다. 숨 쉬는 게 몹시 힘든 듯, 말을 시작할 때보다 목소리가 가늘었다. 그녀가 목멘 소리로 말했다.

"보험카드요."

에디가 얼른 대답했다.

"응, 그래. 챙겼어."

에디는 주차장에 차를 세우고 시동을 껐다. 갑자기 너무 조용해져서 아주 작은 소리까지 들렸다. 몸을 뒤척일 때 가죽 시트가 밀리는 소리, 문을 열 때 나는 딸깍 소리, 바깥에서 바람이 들어오는 소리, 아스팔트에 발이 닿는 소리, 열쇠끼리 부딪히는 소리.

그는 조수석 문을 열고, 마거릿이 차에서 내리도록 부축했다. 추위에 움츠린 아이처럼 그녀의 어깨가 턱 밑에 올라붙어 있었다.

차에서 내린 마거릿은 코를 훌쩍이더니 눈을 들어 수평선을 응시했다. 그녀는 에디에게 손짓을 하며, 턱 끝으로 멀리 있는 놀이기구 꼭대기를 가리켰다. 크고 하얀 놀이기구에는 빨간 카트가 크리스마스트리의 장식품처럼 매달려 있었다.

"여기서도 보이네요."

마거릿이 말했다.

"페리스 회전 바퀴?"

그녀가 눈을 돌리며 대답했다.

"집이요."

─ ◦ ৴ ◦ ─

에디는 천국에서는 잠을 자지 않았기 때문에 사람들과 몇 시간씩만 보냈다고 짐작했다. 밤낮도 없고, 자고 깨는 것도 없는데, 시간이 가는 것을 어떻게 알까? 해가 지는 것도 아니고, 밀물이 들어오는 것도 아니고, 식사나 약속 같은 것도 하지 않는데 어떻게 알까?

마거릿과 함께 있으면서 그는 점점 더 많은 시간을 원했다. 그리고 약속받았다. 밤과 낮, 또 밤……. 그들은 여러 결혼식장을 걸어 다녔고, 에디는 하고 싶은 말을 다 털어놓았다. 스웨덴 결혼식장에서 에디는 마거릿에게 형 이야기를 했다. 조는 10년 전 심장마비로 죽었는데, 전날 플로리다에 있는 콘도미니엄을 구입했다. 러시아 결혼식장에서는 마거릿이 에디에게 그 아파트에서 계속 살았냐고 물었다. 에디가 그렇다고 대답하자 그녀는 기뻐했다. 레바논의 마을에서 열린 야외 결혼식장에서 에디는 이곳 천국에서 겪은 일에 대해 말했다. 마거릿은 귀담아듣는 것 같았고, 모든 걸 다 아는 눈치였다. 그는 파란 사내와 그의 사연, 왜 어떤 사람은 살고 어떤 사람은 죽는지에 대해 말했다. 대위와 희생에 대한 이야기도 했다. 아버지 이야기를 할 때, 마거릿은 그가 아버지의 침묵을 오해하며 분노로 보낸 수많은 밤에 대해 말했다. 에디가 다 정리했다고 말하자, 그녀는 눈썹을 치뜨면서 입술을 벌렸다. 에디는 오랫동안 그립던 따스한 감정을 느꼈다. 그의 아내도 행복해했다.

어느 날 밤, 에디는 달라진 루비 가든에 대해서도 이야기했다. 구식 놀이기구는 고장 났고, 아케이드에서는 로큰롤 음악만 나오며, 롤러코스터는 정신없이 돌아가고, 카트가 트랙에 거꾸로 매달린다고. 예전에는 형광 페인트로 그렸던 놀이기구지만, 이제는 비디오 스크린을 넣어서 어둠 속에서도 텔레비전을 보는 것 같다고. 놀이기구의 새 이름도 말했다. 이제는 하늘 열차 같은 이름이 아니라, 토네이도, 후룸라이드, 탑건, 허리케인 같은 이름이라고.

"이름이 이상하지 않아?"

에디가 물었다.

"여름철 재해를 모아 놓은 것 같네요."

마거릿이 재치 있게 대답했다.

"다른 직장에서 일하는 건데 그랬어. 미안해. 아버지, 다리, 전쟁 후로 줄곧 룸펜이 된 기분이었어. 당신을 그곳에 묶어 놔서 더 미안하군."

마거릿의 얼굴에 슬픔이 스쳐 갔다.

"무슨 일이 있었어요? 전쟁 중에?"

평생을 같이 살면서도 에디는 자세한 이야기는 하지 않았다. 그래도 마거릿은 에디를 이해했다. 그 시절, 참전 용사들은 마땅히 해야 할 일을 했고, 일단 고향집에 오면 전쟁에 관한 이야기를 하지 않았다. 에디는 자기가 죽인 사람들, 그 경비병들에 대해 생각했다. 손이 피범벅이 되었던 일도 생각했다. 그가 용서받을 수 있을까?

에디가 말했다.

"나 자신을 잃었지."

아내가 말했다.

"아뇨."

"맞아."

그가 속삭였고, 마거릿은 아무 말도 하지 않았다.

두 사람은 이곳 천국에서 때로는 나란히 누워 있기도

했다. 하지만 잠을 자지는 않았다. 지상에서 살 때 마거릿은 이런 말을 하곤 했다. 잠들 때 가끔 천국을 꿈꾸고, 그런 꿈이 천국을 만드는 걸 도와준다고. 하지만 이제는 그런 꿈이 필요하지 않았다.

에디는 그녀의 어깨를 와락 끌어안고 머리칼에 얼굴을 파묻었다. 그리고 길고 깊게 숨을 들이쉬었다. 순간, 에디는 자기가 여기 있는 걸 하느님이 아는지 물었다. 마거릿은 웃으며 대답했다.

"물론이지요."

그러자 에디는 살면서 오랫동안 신을 피해 살았고, 나머지 시간은 신이 자신을 알아봐 주지 않는다고 생각하며 지냈음을 인정했다.

마침내 긴 대화가 끝나고, 마거릿은 에디를 데리고 다른 방으로 갔다. 작고 둥근 방에 돌아와 있었다. 마거릿이 의자에 앉아 손을 모았다. 그녀가 거울 쪽으로 몸을 돌리자 에디는 거울에 비친 그녀를 보았다. 그가 아니라 그녀의 모습을.

"신부는 여기서 기다려요."

마거릿은 손으로 머리를 쓰다듬으면서 자기 모습을 비췄지만, 시선은 먼 곳을 응시하는 것 같았다. 그녀가 덧붙였다.

"지금은 누구를 사랑할지 선택하는 순간이에요. 그러니 멋진 순간이 될 수 있겠죠, 에디?"

그녀가 에디에게 몸을 돌렸다.

"당신은 오랫동안 사랑 없이 살아야 했어요. 안 그래요?"

에디는 아무런 대꾸도 하지 않았다.

"사랑을 빼앗긴 기분이었을 거예요. 내가 너무 급작스레 떠났다고 생각했겠지요."

에디가 천천히 몸을 낮추자 마거릿의 보랏빛 드레스 자락이 그의 앞에 퍼졌다.

"사실 당신은 너무 갑자기 떠났지."

"당신은 나한테 화가 났죠."

"아니야."

마거릿의 눈이 빛났다.

"그래, 맞아."

"그런 데는 다 이유가 있었어요."

그녀가 말했다.

"무슨 이유? 어떻게 이유가 있을 수 있지? 당신은 죽었어. 당신은 마흔일곱 살이었지. 당신은 내가 아는 가장 좋은 사람이었어. 그런데 죽었고, 당신은 모든 걸 잃었어. 또 나도 모든 걸 잃었지. 내가 사랑한 유일한 여인을 잃었어."

에디가 말했다.

마거릿이 그의 손을 잡더니 말했다.

"아뇨, 당신은 잃은 게 아니었어요. 난 바로 여기 있었어요. 또 어쨌든 당신은 날 사랑했어요. 잃어버린 사랑도 여전히 사랑이에요, 여보. 다른 형태를 취할 뿐이죠. 가 버린 사람의 미소도 볼 수 없고, 그 사람에게 음식을 가져다줄 수도 없고, 머리칼을 만질 수도 없고, 같이 빙빙 돌며 춤을 출 수는 없지요. 하지만 그런 감각이 약해지면 다른 게 강해지죠. 추억 말이에요. 추억이 동반자가 되는 거예요. 당신은 그걸 키우고 가꾸고 품어 주죠. 생명은 끝나게 마련이지만 사랑은 끝이 없어요."

에디는 아내를 땅에 묻고 난 후의 세월을 떠올렸다. 꼭 담장 너머를 보는 것 같았다. 다른 종류의 삶이 저편에 있는 걸 알았지만, 그는 다시는 거기에 속하지 못하리라고 생각했다.

"난 다른 사람을 원하지 않았어."

에디가 조용히 말했다.

"알아요."

"난 여전히 당신을 사랑했어."

마거릿이 고개를 끄덕이며 대답했다.

"알아요. 느꼈어요."

"여기서?"

그가 물었다.

마거릿이 미소를 지으며 대답했다.

"여기서도 느낄 수 있어요. 강한 사랑이라면 그럴 수 있어요."

그녀가 일어나서 문을 열자, 에디는 눈을 깜빡이며 뒤따라 들어갔다. 어두침침한 방에 접이식 의자가 있었고, 구석에 아코디언 연주자가 앉아 있었다.

"난 이 장면을 간직하고 있었어요."

마거릿이 양팔을 뻗자 에디는 그녀에게 다가갔다. 춤, 음악, 결혼식과 다리를 연결시켰던 언짢은 기분은 싹 잊었다. 이제 보니 그런 느낌은 외로움 때문이었다.

"빙고 카드 판만 있으면 완벽하겠어요."

마거릿이 그의 어깨를 잡으며 말했다.

에디는 씩 웃으며 아내의 허리를 감싸 안았다.

"하나 물어봐도 될까?"

"네."

"어떻게 결혼하던 날의 신부 모습으로 보이게 되었지?"

"당신이 이 모습을 좋아할 거라고 생각했거든요."

에디는 잠시 생각에 잠겼다가 말했다.

"바꿀 수 있어?"

"바꾼다고요? 어떻게요?"

마거릿은 재미있다는 표정을 지었다.

"마지막 모습으로."

그녀가 팔을 내리며 말했다.

"난 마지막에는 별로 예쁘지 않았어요."

에디가 고개를 저었다.

"바꿀 수 있겠어?"

마거릿은 시간을 끌더니, 다시 그의 품에 안겼다. 아코디언 연주자는 귀에 익은 멜로디를 연주했다. 그녀가 노래를 따라 불렀고, 두 사람은 천천히 움직이기 시작했다. 부부만 기억하는 리듬에 따라서.

당신은 날 사랑하게 만들었죠.
그러고 싶진 않았는데.
그러고 싶진 않았는데…….

당신은 날 사랑하게 만들었죠.
언제나 그걸 알았죠.
언제나 그걸 알았죠…….

에디가 고개를 돌리자, 마거릿은 마흔일곱 살의 모습 그대로였다. 눈 밑에 주름이 있고, 머리숱은 줄었고, 턱 밑의 피부가 늘어졌다. 마거릿이 미소를 짓자 그도 따라 웃었다. 에디에게 그녀는 언제나처럼 아름다웠다. 에디는 눈을 꼭 감고 처음으로 그녀를 다시 봤을 때의 감정을 털어놓았다.

"난 가고 싶지 않아. 여기 머물고 싶어."

다시 눈을 떴을 때 그는 아직도 팔을 올리고 있었지만, 마거릿은 없었다. 다른 모든 것도 사라져 버렸다.

금요일 오후 3시 15분

 도밍게즈가 엘리베이터 버튼을 누르자 문이 덜컹대며 닫혔다. 엘리베이터 안의 작은 창으로 밖이 보였다. 엘리베이터가 흔들리며 위로 올라가자, 유리창으로 보이던 로비가 사라졌다.

 도밍게즈가 말했다.

 "이런 고물이 아직도 작동하다니 믿을 수가 없어요. 지난 세기부터 있었을 텐데."

 곁에 있던 유산 담당 변호사는 관심이 있는 척하며 고개를 끄덕였다. 안이 답답하고 더웠는지 그는 모자를 벗고 숫자판의 숫자에 불이 켜지는 것을 지켜보았다.

 도밍게즈가 말했다.

 "에디는 가진 게 별로 없었어요."

 "음. 그러면 오래 걸리지 않겠군요."

 변호사가 손수건으로 이마를 훔치며 대꾸했다. 엘리베이터가 덜컥 멈추고 문이 열렸다. 그들은 6B호로 향했다. 복도에는 1960년대의 흑백 바둑판무늬 타일이 붙어 있었고, 음식 냄새가 풍겼다. 건물 관리인은 미리 열쇠를 주면서 마감 시한을 통고했다. 다음 주 수요일. 새로운 세입자를 들일 수 있도록, 그때까지 집 정리를 해야 했다.

"와아. 노인 혼자 살았는데 정말 깨끗하네요."

도밍게즈가 현관문을 열고 부엌으로 들어가며 감탄했다. 싱크대도 말끔했고 조리대도 깨끗이 닦여 있었다. 변호사가 물었다.

"재산 관계 서류는 어디에 있습니까? 통장 내역서는? 보석류는요?"

도밍게즈는 에디가 보석을 걸친 모습을 상상하니 웃음이 나왔다. 그런 생각을 하다 보니 에디가 너무나 보고 싶었다. 소리를 지르며 지시를 하고, 어미 매처럼 매사를 챙기던 그가 없으니 얼마나 이상한지 몰랐다. 루비 가든 직원들은 에디의 사물함도 치우지 않았다. 그럴 용기가 나지 않았다. 정비실에 있는 물건도 그대로 두었다. 내일 돌아올 사람처럼.

"모르겠는데요. 침실을 뒤져 보시죠."

"장롱이요?"

"네. 저도 여기 딱 한 번 와 봤거든요. 사실 직장 동료로만 알고 지냈어요."

도밍게즈가 식탁에 몸을 기대고 부엌 창문을 내다보니 회전목마가 보였다. 그는 시계를 봤다. 저걸 보면 근무 시간을 알 수 있겠군.

변호사가 장롱의 맨 위쪽 서랍을 열었다. 그는 단정하게 개 놓은 양말과 흰색 사각팬티를 옆으로 치우며 안을 뒤졌다. 그 옆으로 허리띠가 차곡차곡 쌓여 있었고, 그 밑에 중요해 보이는 낡은 가죽 상자가 있었다. 그는 찾는 게 빨리 나오길 바라면서 상자를 황급히 열었지만 실망감에 얼굴을 찌푸렸다. 중요한 물건이 아니었다. 통장 내역서도, 보험증서도 아니었다. 검은색 나비넥타이와 중국 식당 메뉴, 낡은 카드 뭉치와 훈장이 든 편지, 폴라로이드 사진. 사진 속에는 생일 케이크와 사내가 있었고, 주변에 아이들이 몰려 있었다.

도밍게즈가 다른 방에서 소리를 쳤다.

"이게 필요하신 건가요?"

그는 부엌 서랍에서 꺼낸 봉투 뭉치를 들고 나타났다. 은행과 재향군인회에서 온 편지들이었다. 변호사는 봉투를 뒤지더니, 고개도 들지 않고 말했다.

"이거면 되겠군요."

그가 통장 내역서를 펼치고 잔액을 확인했다. 변호사는 죽은 사람들의 유산을 정리하러 올 때마다 자신이 증권, 채권, 은퇴 연금을 차곡차곡 모아 놓은 것을 자축했다. 아무리 생각해도 깔끔한 부엌밖에 보여 줄 게 없는 이런 가난뱅이의 삶보다는 나은 것 같았다.

다섯 번째 만남

화해의 장

 온통 흰색뿐이었다. 땅도 하늘도 없고, 그 사이에 지평선도 없었다. 아침 해가 조용히 떠오를 때 쏟아지는 눈발처럼, 순수하고 고요한 흰빛만 있었다.
 에디의 눈에 온통 하얀 것들만 들어왔다. 귀에는 자신의 힘겨운 숨소리만 들렸다. 숨소리는 메아리가 되어 울렸다. 숨을 들이쉬면 더 큰 숨소리가 들렸다. 숨을 내쉬면 메아리도 숨을 내쉬었다.
 에디는 눈을 질끈 감았다. 고요는 깨지지 않으리란 걸 알면 더욱 힘든 법이고, 에디는 그걸 알고 있었다. 그는 마거릿을 간절히 원했지만, 그녀는 가 버렸다. 1분만, 30초만, 아니 5초만이라도 더 함께 있고 싶었지만, 손을 뻗을 수도 없었고, 부르거나 손을 흔들 수도 없었다. 그녀의 사진을 볼 수조차 없었다. 계단 꼭대기에서 굴러 떨어져, 맨 아래 계단에 뻗어 있는 기분이었다. 충동 따윈 없었고 영혼은 공허했다. 공허 속에 묻힌 그의 팔다리는 늘어지고 생기가 없었다. 꼭 고리에 걸려 있는 사람 같았고, 몸에서 액체가 모두 빠져나간 것 같았다. 하루나 한 달을 그렇게 매달려 있었을까. 아니 100년쯤 그렇게 있었을지도 모른다.

작지만 계속 귓전을 맴도는 소리가 들렸다. 그제야 에디는 몸을 뒤척이고 무거운 눈꺼풀을 올려 눈을 떴다. 이미 천국의 네 단계에 들어갔고 네 사람을 만났다. 지금까지는 모두가 신비로웠지만 이번에는 완전히 다른 느낌이었다.

떨리는 소음이 다시 일어났고, 그 소음은 더 커졌다. 에디는 방어 본능이 되살아나서 주먹을 불끈 쥐었다. 결국 오른손으로 지팡이를 꽉 쥐는 게 고작이었지만.

팔뚝에는 검버섯 같은 게 생겨났고, 손톱은 작고 누렇게 변했다. 다리에는 죽기 전 지상에서 몇 주 동안 앓았던 대상포진의 붉은 자국이 있었다. 그는 시들어 버린 자신의 몸을 보다가 시선을 돌렸다. 인간의 몸으로는 막바지에 다다른 것 같았다.

다시 소리가 났다. 드문드문 꽥꽥대는 고음의 소리가 났다가 잠시 잠잠해졌다. 살아 있을 때 에디는 악몽 속에서 이런 소리를 들은 적이 있었다. 그 기억에 몸이 떨려 왔다. 마을. 화재. 스미티. 그리고 이런 소음들. 말을 하려면 목구멍에서 이렇게 꽥꽥대는 소리가 났다.

그렇게 하면 소리가 멈추기라도 한다는 듯 이를 꽉 물었지만, 소리는 계속해서 들렸다. 거슬리는 자명종 소리처럼 계속 울려 댔다. 결국 에디는 숨 막히는 흰색에 대고 고함을 질렀다.

"뭐야? 원하는 게 뭐냐고?"

에디와 함께 고음의 소음은 배경음이 되어 두 번째 소리에 얹혔다. 우르르 강물 흐르는 소리가 들렸고, 흰색이 줄어들더니 태양의 흑점이 되어 반짝이는 물결에 반사되었다. 발아래 땅이 나타났다. 지팡이가 단단한 것에 닿았고 에디는 강둑에 서 있었다.

바람이 얼굴을 스쳤고, 안개가 끼어서 피부가 촉촉해졌다. 아래를 보니, 소리의 원인이 강 속에 있었다. 안도감이 밀려들었다. 비명 소리, 휘파람 소리, 삐걱거리는 소리는 아이들의 목소리가 빚어내는 불협화음이었다. 수천 명의 아이들이 강에서 물싸움을 하고 놀면서 순수한 웃음을 와락 터뜨리는 소리였다.

에디는 생각했다. 내가 꿈을 꾸고 있는 건가? 계속해서?

왜? 그는 아이들의 작은 몸집을 찬찬히 살펴보았다. 뛰는 아이, 걸어서 강을 건너는 아이, 양동이를 든 아이, 높게 자란 풀숲에서 구르는 아이. 아이들은 소란을 피우게 마련인데, 이곳에는 차분함 같은 게 깃들어 있었다. 에디는 또 다른 사실도 알아차렸다. 어른이 없었다. 이곳에는 10대 청소년조차 없었고, 모두가 작은 아이들뿐이었다. 진한 나무색 피부를 가진 아이들이 자기를 지켜보고 있는 것 같았다.

그때 희고 둥근 돌이 에디의 눈에 들어왔다. 몸이 마른 여자아이 하나가 다른 애들과 떨어지더니, 그 돌 위에 서서 에디 쪽을 쳐다봤다. 소녀는 양손으로 에디에게 다가오라는 손짓을 했다. 그가 주저하자 아이가 생긋 웃었다. 소녀는 "그래요, 할아버지요."라고 말하는 것처럼 다시 손을 흔들며 고개를 끄덕였다.

에디는 지팡이를 내려놓고 비스듬한 경사면을 따라 내려가다가 미끄러졌다. 아픈 무릎이 굽고 다리가 말을 듣지 않았다. 하지만 밑에 내려오기 전 갑자기 등 쪽에 바람이 불어 몸을 밀어 주었다. 그는 쭉 내려왔고, 어린 소녀 앞에 서게 되었다. 마치 늘 거기 있던 사람 같았다.

세월 속의 생일

쉰한 살이 되던 날. 마거릿이 세상을 떠난 후 에디로서는 처음 맞는 생일이었다. 종이컵에 상카 커피를 타 놓고, 토스트 두 쪽에 마가린을 발랐다. 아내가 사고를 당한 후 에디는 "그날을 일부러 상기할 필요가 있나?"라면서 생일 파티를 마다했다. 하지만 마거릿은 고집을 부렸다. 그녀는 꼬박꼬박 케이크를 구웠고, 친구들도 초대했다. 언제나처럼 태피 사탕을 사서 봉투를 리본으로 예쁘게 묶었다.

"생일을 포기할 수는 없죠."

마거릿은 늘 그렇게 말했다.

아내가 세상을 떠나고 없으니 이제는 에디 혼자서 노력을 해야 했다. 등반가처럼 일부러 혼자서 롤러코스터의 굽은 선로에 몸을 매고 정비를 했다. 밤에는 아파트에서 텔레비전을 보고 나서 일찍 잠자리에 들었다. 케이크도, 손님도 없었다. 평범하게 느끼면 평범하게 처신하는 게 어렵지는 않았다. 창백한 항복이 에디의 나날을 칠하는 색깔이 되어 버렸다.

수요일, 그는 다시 60번째 생일을 맞았다. 에디는 일찍 정비실에 나갔다. 점심이 담긴 누런 봉지를 열어, 샌드위치에서 소시지를 꺼냈다. 마치 오래된 습관처럼 에디는 소시지를 능숙하게 고리에 끼워 낚시구멍 밑으로 떨어뜨렸다. 그러고 나서는 소시지 미끼가 둥둥 떠가는 광경을 지켜보았다. 마침내 소시지는 바다에 먹혀서 사라져 버렸다.

일요일, 예순여덟 살. 전화벨이 울렸다. 플로리다에서 형 조가 전화를 한 것이다. 조는 생일을 축하한다고 인사했다. 형이 손자 이야기를 했다. 콘도미니엄 이야기도 이어졌다. 에디는 '어, 어'를 50번도 더 넘게 말해야 했다.

월요일, 일흔다섯 살. 에디는 안경을 끼고 정비 일지를 점검하고 있었다. 전날 야간 교대조 중 누군가 결근해서 '꿈틀이 벌레 모험'의 브레이크를 점검하지 않았음을 알아차렸다. 그는 한숨을 쉬면서 벽에 걸린 '임시 정비 중'이라는 팻말을 꺼내 들고, 나무 산책로를 지나 '꿈틀이 벌레 모험' 입구로 갔다. 그는 직접 브레이크 패널을 점검하기 시작했다.

화요일, 에디는 여든두 살이 되었다. 택시가 공원 정문에 도착했다. 그는 앞좌석에 앉으며 지팡이를 내려놓았다.

운전사가 말했다.

"손님들은 뒷좌석을 좋아하시는데요?"

"앞에 앉으면 안 되겠소?"

에디가 양해를 구했다.

운전사는 어깨를 으쓱하며 대답했다.

"아뇨, 괜찮습니다."

에디는 고개를 끄덕이며 앞을 똑바로 보았다. 하지만 이 자리에 앉으면 운전하는 기분이 든다는 말은 하지 않았다. 2년 전 당국에서 운전면허증을 더 이상 갱신해 줄 수 없다고 통지한 뒤부터 에디는 한 번도 운전을 하지 않았다.

택시가 묘지에 도착했다. 그는 어머니의 묘와 형의 묘에 들렀다가, 아버지 묘지에서 아주 잠시 멈춰 섰다. 평소처럼 아내의 묘는 맨 마지막에 들렀다. 지팡이를 짚고 서서, 비석을 바라보며 여러 가지 생각에 빠졌다. 태피 사탕. 그게 먼저 떠올랐다. 이제는 그 사탕을 먹으면 이가 빠지겠지만, 그래도 먹고 싶었다. 그러면 마거릿과 함께 먹는 기분이 들지 않을까?

어린 소녀는 동양인 같았다. 대여섯 살쯤 되었을까? 갈색 피부와 까만 머리, 납작한 코, 벌어진 이, 큼직한 입술. 그중 물개처럼 까만 눈동자가 가장 눈에 띄었다. 아이는 웃으면서 마구 손바닥을 쳤다. 결국 에디는 소녀가 서 있는 쪽으로 한 걸음 더 다가섰다.

"탈라."

아이가 손바닥으로 제 가슴을 두드리며 이름을 말했다.

"탈라."

에디가 똑같이 말했다.

소녀는 게임이 시작되기라도 한 듯 생긋 웃었다. 아이는 자기 몸에 걸친 수놓은 블라우스를 손가락으로 가리켰다. 블라우스는 강물에 젖어 헐렁했다.

"바로."

아이가 말했다.

"바로."

소녀는 몸통과 다리에 휘감은 붉은 천을 만지며 말했다.

"사야."

"사야."

아이는 제가 신은 나막신 같은 구두를 가리키며 '바카'

라고 말하고, 발치에 있는 진주 빛 조가비를 가리키며 '카피즈'라고 말했다. 또 앞에 펼쳐진 대나무 돗자리를 보며 '바닉'이라고 했다. 아이는 에디에게 돗자리에 앉으라는 몸짓을 하고, 자기도 책상다리를 하고 앉았다.

다른 아이들은 에디를 알아보지 못하는 듯했다. 아이들은 물보라를 일으키고, 구르고, 강바닥에서 돌을 건졌다. 에디는 사내아이가 다른 아이의 등과 팔 아래를 돌로 문지르는 것을 보았다.

소녀가 말했다.

"씻는 거예요. 우리 이나들이 그랬던 것처럼."

"이나들?"

에디가 물었다.

아이는 그의 얼굴을 찬찬히 살폈다.

"엄마들이요."

여자아이는 어른 앞에서 쭈뼛대거나 수줍어하는 기색도 없이 씩씩하게 대답했다. 이 소녀와 다른 아이들은 이 강변을 천국으로 선택했을까? 아니면 짧은 기억밖에 없어서 이런 평화로운 풍경이 주어졌을까?

아이가 에디의 셔츠 주머니를 손짓하자 그는 아래를 내려다봤다. 파이프를 닦는 긴 철사가 들어 있다.

"이것?"

에디는 파이프 닦는 기구를 꺼내서 루비 가든에서처럼 비틀었다. 아이는 잘 보려고 무릎을 꿇고 앉았다. 그의 손이 떨렸다.

"봤지? 이건……"

에디가 마지막으로 한 번 더 돌리고 말을 마쳤다.

"강아지란다."

아이는 그것을 받아들고는 미소를 지었다. 에디는 그런 미소를 수없이 보며 살았다.

"마음에 드니?"

그가 물었다.

"할아버지가 날 태워요."

아이가 말했다.

에디는 턱이 조여드는 기분을 느꼈다.

"뭐라고?"

"할아버지가 날 태워요. 불이 나게 해요."

소녀는 교과서를 암송하듯 담담하게 말했다.

"우리 이나가 니파 안에서 기다리라고 해요. 이나가 숨으라고 해요."

에디는 소리를 낮추며 천천히 또박또박 말했다.

"뭐가 있기에……, 숨어 있었니, 아가?"

아이는 파이프 청소 도구로 만든 강아지를 만지작대더니 물에 넣었다.

소녀가 말했다.

"선달롱."

"선달롱?"

아이가 고개를 들었다.

"군인."

에디는 그 말을 듣자 혀에 칼이 꽂힌 기분이었다. 머리에 익숙한 장면이 스치고 지나갔다. 병사들. 폭발. 스미티. 대위. 화염방사기.

"탈라……."

그가 속삭였다.

"탈라."

아이는 제 이름을 듣자 씩 웃었다.

"넌 왜 여기 천국에 있니?"

탈라는 강아지를 내려놓았다.

"할아버지가 날 태워요. 불이 나게 해요."

에디는 눈이 욱신거리더니 머리가 휘휘 돌기 시작했다. 호흡이 빨라졌다.

"넌 필리핀에 있었구나……. 그림자 속에……. 그 오두막에……."

"니파. 이나가 거기가 안전하다고 말해요. 이나를 기다리라고. 안전하게. 그다음에 큰 소리가 들려요. 불이 막 나요. 할아버지가 날 태워요."

탈라는 좁은 어깨를 으쓱하더니 덧붙였다.

"안 안전해."

에디는 침을 꼴깍 삼켰다. 손이 덜덜 떨렸다. 그는 아이의 깊고 검은 눈을 들여다보며 미소를 지으려 애썼다. 그게 아이에게 필요한 약이나 되는 듯이. 탈라도 미소를 지었지만, 그 때문에 에디의 가슴이 더 무겁게 내려앉았다. 그는 고개를 양손에 파묻었다. 어깨도, 가슴도, 모든 게 무너져 내렸다. 오랜 세월, 그에게 그림자를 드리웠던 어둠이 마침내 모습을 드러냈다. 그것도 너무나 생생하게. 이 아이. 이 사랑스런 아이. 자신이 이 아이를 죽였다. 불타 죽게 했다. 그토록 자신을 힘들게 했던 악몽들……. 그런 꿈을 꿀 만도 했다. 그때 그는 뭔가 봤다! 불길 속의 그림자! 이 손으로 아이를 죽이다니! 이 거친 손으로! 손가락과 영혼 사이로 눈물이 줄줄 흘러내리는 것 같았다.

그는 통곡했다. 들어 본 적이 없는 목소리가 몸 안에서 울부짖었다. 뱃속에서 터져 나오는 울음이었다. 강물을 흔들고 천국의 안개 낀 공기를 뒤흔드는 울부짖음. 그의 몸이 경련을 일으켰고, 머리가 뒤로 젖혀졌다. 결국 울부짖음은 기도문 같은 중얼거림으로 변했고, 한마디 한마디가 숨찬 고백이 되어 터져 나왔다.

"내가 죽였구나. 내가 널 죽였어."

그런 다음 그는 속삭였다.

"용서해 주렴. 용서해 주렴. 오 하느님……."

그는 중얼거렸다.

"내가 무슨 짓을 한 거야? 내가 무슨 짓을 한 거야……."

에디는 흐느끼고, 또 흐느꼈다. 울음이 모두 빠져나가면서 몸이 떨리기 시작했다. 그는 조용히 앞뒤로 몸을 흔들었다. 그는 검은 머리칼을 가진 소녀 앞에 무릎을 꿇고 앉아 있었다. 아이는 강둑에서 파이프 청소 도구로 만든 동물을 갖고 놀았다.

시간이 흐르고 고통이 가라앉자 에디는 누군가가 자신의 어깨를 두드리는 것을 느꼈다. 고개를 드니 탈라가 돌멩이를 내밀고 있었다.

"나 씻겨 줘요."

탈라가 말했다. 아이는 물속에 들어가서 에디에게 등을 돌리더니 머리 위로 블라우스를 벗었다.

에디는 심한 화상을 입은 아이의 피부를 보고 움찔했다. 몸통과 좁은 어깨는 까맣게 그을리고 물집이 잡혀 있었다. 탈라가 몸을 돌리자, 아름답고 순진한 얼굴은 흉물스런 상처투성이로 변해 있었다. 입술은 처졌고, 눈은 한쪽만 뜨고 있었다. 두피에 화상을 입어서 머리털이 뭉텅뭉텅 빠졌고, 딱딱한 딱지가 군데군데 있었다.

탈라가 돌멩이를 내밀며 다시 말했다.

"나 씻겨 줘요."

에디는 강으로 들어가 돌을 들었다. 손가락이 떨렸다.

"어떻게 하는지 모르는데……, 아이를 키워 본 적이 없어서……."

에디가 들릴락 말락 하게 말했다. 탈라는 까맣게 그을린 손을 들었고, 에디는 손을 잡고 아이의 팔에 천천히 돌멩이를 문질렀다. 상처가 흐물흐물해지기 시작했다. 에디가 더 힘껏 문지르자 상처가 벗겨졌다. 더 빨리 문지르자 그을린 살점이 떨어져 나가고 새살이 돋았다. 그는 돌멩이를 뒤집어서 뼈만 앙상한 탈라의 등과 좁은 어깨를 문질렀다. 목덜미를 문지르고 마침내 뺨과 이마와 눈 아래를 문질렀다.

아이는 에디에게 등을 기댔다. 탈라는 그의 가슴에 머리를 대고, 낮잠이라도 자려는 듯 눈을 감았다. 에디가 아이의 눈꺼풀을 매만졌다. 늘어진 입술을 만지고, 머리에 생긴 딱지를 쓰다듬었다. 검은 머리칼이 돋았고, 에디가 처음에 봤던 얼굴이 드러났다.

탈라가 눈을 뜨자 햇불처럼 흰빛이 번쩍 빛났다.

"난 오예요."

아이가 속삭였다.

에디는 돌을 내리면서, 가쁜 숨을 내쉬고 몸을 떨었다.

"오라면……, 그러면…… 다섯 살이냐?"

탈라는 고개를 저었다. 그러고는 손가락 다섯 개를 폈다. 아이는 '당신의 다섯 번째'라는 듯, 손가락을 에디의 가슴에 댔다. 당신의 다섯 번째 사람.

따스한 바람이 불었다. 에디는 눈물을 흘렸다. 그러자 탈라가 둘 사이의 공간에 대고 말했다.

"왜 슬퍼요?"

"내가 왜 슬프냐고? 여기서 말이냐?"

에디가 속삭였다.

아이는 아래를 손짓하며 대답했다.

"저기서."

에디는 가슴이 텅 비는 것 같아 마지막으로 흐느껴 울었다. 그는 모든 장애를 벗어던졌다. 이제 어른과 아이의 대화 같은 것은 없었다. 그는 늘 하던 말을 했다. 마거릿에게. 루비에게. 대위에게. 파란 사내에게. 그 누구보다도 자기 자신에게.

"내가 슬펐던 것은 삶에서 뭘 해내지 못했기 때문이지. 난 아무것도 아니었어. 아무것도 이루지 못한 채 헤매고 다녔지. 난 그곳에 있으면 안 될 사람 같았어."

탈라는 물에서 파이프 청소 도구로 만든 강아지를 꺼냈다.

아이가 말했다.

"거기에 꼭 있어야 할 사람이었는데요."

"어디? 루비 가든에?"

탈라가 고개를 끄덕였다.

"놀이기구를 고치면서? 그게 내가 사는 이유였나? 왜?"

에디가 깊은 한숨을 내쉬었다.

아이는 당연한 얘기라는 듯 고개를 갸우뚱하며 말했다.

"어린이 때문에. 할아버지가 아이들을 안전하게 해 주니까. 나한테도 잘해 주니까."

아이는 강아지를 에디의 셔츠에 대고 흔들었다.

"거기가 할아버지가 있어야 할 곳이었어요."

탈라는 그렇게 말하고, 웃으면서 그의 셔츠 앞섶을 만졌다. 그리고 덧붙였다.

"에디 메인-트-넌스."

에디는 흐르는 물에 털썩 주저앉았다. 이제 그의 사연을 담은 돌들이 수면 아래 서로 맞닿은 채 놓여 있었다. 그는 형체가 녹는 것을 느낄 수 있었다. 시간이 많지 않다는 것을 깨달았다. 천국에서 다섯 사람을 만난 후에 어떻게 되든, 이제 그것은 그에게 달려 있었다.

에디가 속삭였다.

"탈라?"

아이가 고개를 들었다.

"루비 가든에 있었던 어린 소녀 있지? 그 아이를 아니?"

탈라는 제 손끝을 응시했다. 그리고 고개를 끄덕였다.

"내가 그 애를 구했니? 아이를 거기서 끌어냈어?"

탈라는 고개를 저으며 대답했다.

"안 끌어냈어요."

그 순간 에디는 몸을 떨더니 고개를 푹 숙였다. 그렇구나. 그의 이야기도 끝이 났다.

"밀었어요."

탈라가 말했다.

에디가 고개를 들었다.

"밀어?"

"네. 다리를 밀었어요. 끌지 않고 밀었어요. 큰 게 떨어졌어요. 할아버지가 애를 안전하게 구했어요."

에디는 부인을 하려는 듯 눈을 감았다. 그러고 나서 말했다.

"하지만 아이의 손길을 느꼈는데, 기억나는 건 그것뿐인데. 내가 아이를 밀었을 리가 없어. 분명히 손길을 느꼈어."

탈라는 생긋 웃으며 강물을 뜨더니, 작은 손으로 에디의 손을 잡았다. 전에도 잡아 본 그 손의 느낌이었다.

"그 애 손이 아니라 내 손이에요. 내가 할아버지를 천국으로 데려왔어요. 안전하게."

그 말과 함께 강물이 재빨리 불어나 에디의 허리와 가슴, 어깨까지 잠겼다. 그가 다시 숨을 쉬기도 전에 아이들의 소리가 사라졌다. 그는 거세면서도 조용한 물결에 휘감겼다. 여전히 탈라의 손을 부여잡고 있었지만, 그의 영혼에서 몸이 씻겨 나가는 것을 느꼈다. 살이 뼈에서 떨어지고, 그와 함께 안에 있던 모든 고통과 연약함이 사라졌다. 모든 상처와 흉터, 나쁜 기억까지도.

이제 그는 아무것도 아니었다. 물에 뜬 나뭇잎이었다. 탈라는 그를 가만히 당겼다. 둘은 빛과 그늘을 지나고, 파란색과 상아색과 레몬색과 검은색 빛깔을 지났다. 에디는 이 색깔들이 그의 인생에 대한 감정들임을 알아차렸다. 아이는 그를 끌고 잿빛 바다의 부서지는 파도를 지났고, 다시 환한 빛 속에 모습을 드러냈다. 믿을 수 없는 광경이었다.

수천 명이 모인 루비 가든이었다. 남자와 여자, 아버지와 어머니와 아이. 아이들이 굉장히 많았다. 과거와 현재의 아이들, 아직 태어나지 않은 아이들이 나란히 손에 손을 잡고 있었다. 모자를 쓰고 반바지를 입은 아이들이 나무 산책로와 놀이기구 승강대에 있었다. 서로의 어깨에 올라타고, 서로의 무릎에 앉아 있었다. 그들은 거기 있었다. 아니, 에디가 살면서 했던 간단하고 평범한 일 덕분에 그곳에 있게 될 터였다. 그가 막은 사고 덕분에, 그가 안전하게 보수한 놀이기구들 때문에, 매일 그가 자신도 모르게 영향을 준 전환점 때문에. 에디는 아이들이 입을 열지 않는데도 그들의 목소리를 들었다. 그가 상상할 수 있었던 것보다 훨씬 더 많은 목소리였다. 전에는 미처 몰랐던 평화가 밀려들었다.

이제 그는 탈라의 손을 놓고, 모래밭 위로 둥둥 떠올랐다. 나무 산책로 위로, 천막지붕 위로, 놀이공원 중앙 통로의 첨탑들 위로, 커다랗고 흰 페리스 회전 바퀴 꼭대기를 향해서 떠올랐다. 거기 노란 드레스를 입은 여인이 있었다. 그의 아내 마거릿이었다. 그녀가 팔을 내밀고 기다리고 있었다. 에디는 아내에게 손을 뻗었다. 그는 마거릿의 미소를 보았다. 목소리들은 신에게서 온 한마디로 녹아들었다.

집.

에필로그
모두가 하나인 이야기

 루비 가든 놀이공원은 사고가 일어난 지 사흘 만에 재개장했다. 에디의 죽음에 관한 기사가 다른 사망 소식과 함께 일주일간 신문에 났다. 사고가 났던 놀이기구는 운행을 중지했지만, 다음해에 '악마 추락'이라는 새 이름으로 운행을 시작했다. 10대 아이들은 그 기구를 타는 것을 용기의 증거로 여겼다. 그래서 '악마 추락'은 늘 손님이 많았고, 공원 주인도 덩달아 기분이 좋아졌다.
 에디의 아파트에 세를 든 사람이 부엌 창을 뿌연 유리로 갈아 끼워서 이제 회전목마는 흐릿하게만 볼 수 있었다. 에디가 하던 일을 물려받은 도밍게즈는 그의 소지품을 정리해 루비 가든의 오래된 자료와 함께 트렁크에 넣어 보관

했다. 원래의 정문 사진도 거기 들어 있었다.

케이블을 닳게 만들었던 열쇠의 주인 니키는 집에 가자 새 열쇠를 만들었고, 넉 달 후에는 차를 팔았다. 그는 자주 루비 가든에 놀러왔고, 그때마다 친구들에게 증조할머니의 이름을 따서 '루비 가든'이 되었다고 자랑했다.

계절이 오고 갔다. 학교가 끝나고 해가 길어지면, 사람들은 잿빛 바다 옆에 있는 놀이공원으로 돌아왔다. 테마파크만큼 크지는 않지만, 그 정도 크기면 족했다. 여름이 오고 생기가 되살아나면, 해변은 파도의 노래를 부르며 사람들에게 손짓을 했고, 그러면 사람들은 회전목마와 페리스 회전 바퀴를 타러 왔다. 그들은 이곳에 와서 시원하고 달콤한 음료수와 솜사탕을 먹었다.

루비 가든에는 줄이 생겼다. 다른 곳에 생긴 줄과 똑같은 줄이었다. 다섯 가지 추억 속에서 다섯 사람이, 에이미인가 애니인가 하는 여자아이가 자라서 사랑을 하고, 나이 들고, 죽기를 기다렸다. 그녀는 마침내 그들로부터 대답을 얻을 것이다. '왜 살았고 무엇을 위해 살았는가'라는 질문에 대한 대답을.

이제 그 줄에는 수염을 기른 노인이 있었다. 모자를 쓰고 코가 굽은 노인은 천국의 비밀에 관한 자신의 몫을 나누기 위해 '스타 더스트 밴드 셸'이라는 곳에서 차례를 기다렸다. 언젠가 노인은 그녀에게 그 비밀을 들려줄 것이다. 모든 사람들이 다른 사람에게 영향을 미치고, 그 사람은 다시 그 옆의 사람에게 영향을 준다는 것을. 세상에 사연들이 가득하지만 그 이야기들은 결국 하나라는 것을.

옮긴이의 글

 몇 년 전 미치 앨봄의 첫 작품 『모리와 함께한 화요일』의 번역을 의뢰받았을 때, 처음에 나는 그 책이 소설인 줄로만 알았다. 나중에 책 중간에 있는 모리 교수의 사진을 보지 않았다면 끝까지 그런 줄 알고 번역했을 것이다. 어떻게 논픽션을 그렇게 픽션처럼 쓸 수 있었을까? 그때는 모리 교수의 가르침이 그만큼 드라마틱했다고 생각했다. 하지만 이번에 다시 앨봄의 신작 『천국에서 만난 다섯 사람』을 옮기면서, 그때 『모리와 함께한 화요일』이 소설처럼 다가왔던 이유를 충분히 이해할 수 있었다. 그는 실력 있는 방송인이자 칼럼니스트이기 이전에, 뛰어난 상상력과 통찰력을 지닌 작가였던 것이다.
 이 책에서도 작가는 죽음에 대해 이야기한다. 에디라는 노인은 평생 바닷가에 있는 놀이공원에서 정비사로 일했다. 외롭게 살던 그는 여든세 살을 맞은 생일날, 추락하는 놀이기구 밑에 있는 소녀를 구하려고 뛰어들었다가 목숨을 잃는다. 우리는 에디를 따라 죽음의 세계로 들어간다. 사후 세계는 어떤 풍경일까? 사람들은 각자 믿는 종교에 따라 천국의 풍경을 상상한다. 착한 사람이 들어간다고 믿는 천국. 근심과 걱정 없이, 아픔도 없이, 기쁨과 충만함이 넘치는 곳……. 하지만 미치 앨봄이 보여 주는 천국의 풍경은 사뭇 다르다.

에디는 천국에서 다섯 사람을 만난다. 에디가 생전에 만난 사람도 있고, 전혀 만난 적이 없는 사람도 있다. 하지만 에디는 그들과 어떻게든 연결되어 있으며, 그가 안고 살아야 했던 상처와도 깊은 관계가 있음을 알게 된다. 에디는 한 사람 한 사람이 이끄는 대로 과거와 감정으로의 여행을 떠난다. 그 여정에서 자신이 상처를 입혔던 사람, 그 때문에 목숨까지 잃은 사람도 만난다. 알지 못하고 저지른 일이었지만 어쨌든 그는 타인에게 영향을 미쳤던 것이다. 또 유년 시절부터 그에게 상처를 주었던 아버지도 있었다. 그는 평생을 미워하며 살았던 아버지의 입장을 이해하게 된다. 이해는 상처를 치유하고, 그는 아버지의 짐을 내려놓는다. 또 젊은 시절 참전했던 필리핀의 어느 마을에서 겪고 저지른 일도 맞닥뜨린다……. 그렇게 삶에서 단단히 맺혀 있던 아픔의 응어리가 풀리는 순간, 그는 자기 삶을 온전히 이해하게 된다. 자신과의 화해……. 미치 앨봄은 우리에게 말한다. 그것이 바로 천국임을.

번역하는 내내 죽음에 대해 생각했다. 앨봄이 풀어 놓는 이야기는 나를 번역에 몰입하게 했지만, 나는 '죽음'이라는 생각에 빠져서 때때로 머뭇거렸다. 하지만 여기 담긴 죽음은 낙관적이다. 지금 알게 모르게 저지르는 모든 행위와 감정. 이 작품은 우리가 세상을 떠나면 그것들을 모두 이해하게 되고 진정한 평화를 얻게 된다고 말해 준다. 번역이 끝났을 때 어느덧 죽음이 편하게 다가왔다. 그 화해의 장이 설렘으로 다가오기도 했다. 그것이 아마 이 작품이 주는 치유의 힘일 것이다. 『모리와 함께한 화요일』이 삶과 죽음에 대한 치유를 주었던 것처럼 말이다.

앨봄은 이 작품을 통해 우리에게 말한다. 죽음과 삶이 이어져 있음을. 이 생에서 엮는 관계와 우리가 경험하는 감정이 천국을 이룬다는 것을. 사람은 누구나 타인, 그리고 이 세상과 연결되어 있다는 것을. 잘 살아야 잘 죽을 수 있다는 것을. 그 엄연한 진리 앞에 나는 사뭇 엄숙한 마음이 된다. 이 마음을 내 천국을 이룰 여러분 모두와 나누고 싶다.

공경희

천국에서 만난 다섯 사람

펴낸날	초판 1쇄 2010년 2월 18일
	초판 19쇄 2021년 11월 8일

지은이	미치 앨봄
옮긴이	공경희
펴낸이	심만수
펴낸곳	(주)살림출판사
출판등록	1989년 11월 1일 제9-210호

주소	경기도 파주시 광인사길 30
전화	031-955-1350　팩스 031-624-1356
홈페이지	http://www.sallimbooks.com
이메일	book@sallimbooks.com

ISBN	978-89-522-1332-7　03840

※ 값은 뒤표지에 있습니다.
※ 잘못 만들어진 책은 구입하신 서점에서 바꾸어 드립니다.